搜神異寶錄
懸疑考古探險搜神小說
之2 洛書神篇
婁源霸刀 著
洛書神篇

目錄

第一章 薑是老的辣……5

第二章 江浙口音的幕後人……29

第三章 四大長老的人皮地圖……47

第四章 要想人不知，除非己莫為……77

第五章 維吾爾女子……103

第六章 荒漠幽魂……127

第七章 康熙帝寵愛的妃子之墓……155

第八章 絕色女匪首……175

第九章 交河故城的寶藏傳說……195

第十章 傳說中的黃帝玉璧……221

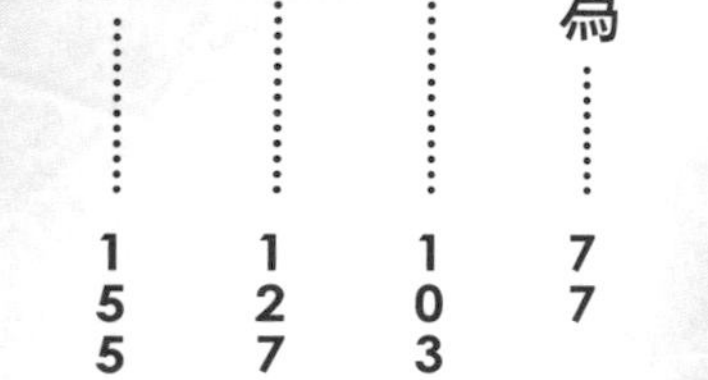

第一章

薑是老的辣

梅國龍看了身後的江水，說道：
「薑還是老的辣，我已經知道答案了，
其實你和劉白只是各為其主而已。」
「三樣東西缺其一都沒有辦法拿出那塊黃帝玉璧，」
神貓李笑道：「只要能夠找到那塊黃帝玉璧，
我就大功告成了，你認命吧，
我不喜歡太聰明的人活在世上。」

苗君儒睜開眼睛，映入眼簾的是一張秀麗的女人面孔。

「他醒了！」女人起身，有些興奮地對身邊的兩個男人說道。

苗君儒認識那女人，是在重慶水神幫總堂和王凱魂談話的時候，這個女人端茶進來過。而這個女人身邊的男人，竟是他認識的楊不修和盛振甲，此時的盛振甲穿著一身中校軍服，顯得威風凜凜。

「苗教授，你終於醒了！」盛振甲說道。

「你怎麼會在這裏？」苗君儒問：「他們兩個人呢？」他依稀記得落水後，被一股很大的力量壓得喘不過氣來，拚命地浮上水面後，見魯明磊在前面順著江水往岸邊游，他正要趕過去，突然聽到一聲天崩地塌的巨響，一個大浪打來，將他捲入水底，在吃了幾口水之後，他失去了知覺。

「他們兩個人？除了你之外還有誰？」盛振甲問道。

苗君儒欠起身，看到正處在江邊的一處山坡上，離他們不遠的地方，還有一些荷槍實彈的士兵。他有種受騙上當的感覺，「當初潘教授介紹我認識你的時候，只說你是生意人，沒有想到是一個軍人。」

「對不起，苗教授，怪我沒有事先對你說明，」盛振甲說道：「我是國民黨軍參謀部作戰科的人，去年底，我收到一份密報，說是北平監獄中關押著一個叫劉白的巨盜，此人疑與黃帝玉璧有關。我受命潛入北平調查，但提供密報的人卻被人殺了，無奈之下，我只得扮作生意人和潘教授打上了交道，因為他是唯一研究那段歷史的人，我從他哪裏知道了更多關於黃帝玉璧的事情。我千方百計派人進入監獄打探劉白這個人，可進去一個死一個。北伐逼近北平的時候，我終於得到劉白逃獄的消息。沒有多久，潘教授就死了，你是潘教授最得力的學生，我知道這事你肯定擺脫不了干係，所以那晚去找你。由於我不知道你對這件事知道多少，所以也沒有把話挑明，從那以後，我一直在暗中觀察你。後來你和梅國龍去了恭王府，我就跟在你們身後，終於查到了劉白的落腳點……」

「難怪那天晚上我們覺得後面有人跟蹤，」苗君儒說道：「憑我和梅國龍兩個人，居然發現不了你？」

盛振甲有些得意地笑了一下，並沒有說話。

「你跟著我來到了這裏？」苗君儒問。

「不，應該說我是跟著劉白他們兩個人來的，」盛振甲說道。

楊不修說道：「金剛舍利子是被劉白偷走的，如果定海神針也落到他的手裏，我們可就前功盡棄了！」

盛振甲說道：「不急，就算他有了金剛舍利子和定海神針，可還有寶玉兮盒，三寶缺其中一寶，都沒有辦法進去，苗教授，我說的沒有錯吧？」

寶玉兮盒本來在苗君儒的手裏，可是被人連同那封潘教授寫的信，一同被偷走了。他望著盛振甲，既然盛振甲說在暗中觀察他，也許趁他和梅國龍出去的時候，進屋把寶玉兮盒偷走了。

「你是什麼人？」苗君儒問道。

盛振甲說道：「我聽說你也加入了水神幫，應該知道幫內四大長老家族的事。四大長老家族的人，從懂事開始就知道自己的身分。」

「你是盛家的人？你有什麼標記？」苗君儒問盛振甲。

盛振甲擼起袖子，果然在他的左臂上有一個龍形刺身。苗君儒也不說話，從衣服內摸出盛長老交給他的那枚黃色玉扳指，遞給盛振甲。

「這是盛家的傳家之物，我只聽我父親說過，你是從哪裏得來的？」盛振甲接過玉扳指問。

「他已經死了……」苗君儒站起身，望著山下那濤濤的江水。

「死了也好，從現在開始，我就是水神幫的長老了！」盛振甲把玉扳指戴在手指上，問苗君儒，「定海神針現在在誰的手裏？」

「王凱魂，你有本事就去向他要吧！」苗君儒向山下走去。從一開始他就不願捲入這件事，現在可好，捲入的人越來越多，不知還有多少在幕後的人沒有露面。

楊不修上前攔著苗君儒，說道：「苗教授，別急著走呀！這件事沒有了您可不行，他們拿到定海神針後，一定會去新疆尋找玄幽古城，我們也必須趕去才行。」

「你們去就行了，為什麼要扯上我？」苗君儒冷然問。

「苗教授，現在可由不得你了，」盛振甲說道：「我是水神幫長老，違抗我的命令，只有死路一條，除非幫我從他們的手上奪回那塊黃帝玉璧。」

盛振甲揮了一下手，上來兩個士兵，一左一右地架起苗君儒，向山上走去。在山坡的頂上，停著幾輛大卡車。

盛振甲見苗君儒的手裏並沒有他想要的東西，便對楊不修說道：「定海神針一定在那兩個人的手裏，你帶著一些人，沿著長江往下游搜索，如果見到梅國龍，不要留活口，這個人對我們的威脅很大！」

「是！」楊不修微微一笑，帶人離開。

盛振甲輕輕撫摸著手中的玉扳指，自言自語道：「蕭剛到現在還沒有露面，他也真夠沉得住氣的。」他伸手把那女人擁入懷中，柔聲說道：「小蓮，多虧了你機靈，在王凱魂的身邊那麼久，都沒有被他發現。若不是你把消息告訴我，我不會來得那麼及時。」

小蓮嬌嗔道：「你去日本讀書，一走就是七八年，回來後也不來看我！」

盛振甲說道：「男子漢大丈夫，當以大事為重，哪管得了那麼多兒女私情，我盛振甲可不願屈人之下，總有一天，我要當個堂堂正正的皇帝，那個時候，你就是我的妃子！」

小蓮急道：「我不要你當皇帝，到時候我和那麼多妃子爭寵，我爭不過她們，你還是當個將軍吧！將軍的身邊最多也就是三妻四妾。」

盛振甲哈哈大笑道：「當個將軍也好，我要當個獨霸一方的將軍，在我的地盤上，我說了一，沒有人敢說二。」

小蓮說道：「是呀！這樣也不錯。」

盛振甲望著遠處連綿的山巒，頓時覺得豪氣萬分，拉著小蓮的手，向山上走去。在他們身後不遠的江邊篙草叢中，露出一顆人頭來。

卻說王凱魂見墓室要塌，也顧不了那麼多，忙逃了出去，轉入另外一條通道。這條通道內有不少剛死沒有多久的屍體，屍體的身上穿著軍服，都是一些軍人，在這些軍人的屍體中間，還有不少散亂的骸骨，那都是歷代進洞的人中了機關後留下的。

跟在後面的劉白認出是他走過的路，所有的機關都被炸藥炸掉了，忙道：「稟蟄神，我認得路，我在前面帶路。」

雖然兩人的手上都沒有火把，通道內一團漆黑，但這點難不倒他們。王凱魂身具內功，雙眼在黑暗中可清晰地看清遠近的東西，至於劉白就更不用說了，自幼就練得一雙夜光眼。

兩人沿著通道捨命往上狂奔，在他們的身後，大塊大塊的岩石往下落，腳下的台階發出陣陣顫抖，巨大的響聲不絕於耳。

王凱魂終於看到了前面的亮光，心中大喜，縱身飛奔上去，突然看到旁邊閃過一個人影，由於他的去勢太快，差點撞到那個人的身上。

「是你！」王凱魂認出面前的人就是他多年未見的神貓李。

「你是王凱魂？」神貓李望著王凱魂，有些不敢認，在他的印象中，王凱魂是個比鬼還要醜得多的活死人，而並非是眼前的這個正常人。但是他已經得到消息，王凱魂已經變身成了螯神。能夠把自己變成螯神的人，也一定能夠恢復正常人的樣子。再著，他一眼就看到王凱魂手中那根與眾不同的手杖。他已經在江湖上消失了幾十年，這人一見到他後，就說出了「是你」兩個字，擺明了就是故人。

劉白也衝了上來，氣喘吁吁地叫了一聲：「師傅！」

「你沒有死在裏面就好，」神貓李說道：「還有兩個人呢？」

他說的兩個人是苗君儒和梅國龍。

「不知道，可能還在下面，」劉白說道：「師傅，我們快走，這裏要塌了。」

他的話剛說完，一聲震天巨響，從洞內噴出滾滾灰塵，巨大的氣浪把三個人同時吹出了洞外。神貓李身在空中，看到緊依著神女峰的一座山峰整個塌陷下去，沖天而起的灰塵瞬間籠罩住了大半個天空。

他靈巧地把身體一扭，落在一棵樹上。再一看王凱魂和劉白，都各自落在樹上。

三個人下樹後，還感覺腳下的地面兀自顫抖不定，也不敢多作停留，忙循著水神幫留下的路標朝山下跑去，跑了一陣，來到一處懸崖邊上，前面已經沒有去路了。往下一看，便是滔滔不絕的江水。

「怎麼回事？我上山時走的路不是這樣的，」神貓李說道：「一定是有人動過路標。」

上神女峰的路有許多條，但是那些路都已經被水神幫埋了機關，只有水神幫自己的路是安全的，每一處路口都有特定的標記。

「前面沒有路了，那樣也好！」王凱魂一步步朝神貓李走過來，說道：「老鬼，我這一生做錯了兩件事情，第一就是不該和你一起去參加什麼義和拳，第二就是不該和你去盜明孝陵。二十幾年來，你一直躲著我，我們之間的恩怨，該了一了了。」

「慢著，」神貓李自知不是王凱魂的對手，忙說道：「我們兩個人並沒有恩怨，那些恩怨都是上輩人積下來的，你在孝陵內中了墓火，被燒得不像一個人，是我救了你，派人把你送回總堂，並且把我家的《洛書神篇》給了你，也算對得起你了。十幾年來，不斷有人想殺我，剛開始我不知道那些人是誰派來的，直到有一天我發現一個你身邊的人。」

「我身邊的人？是誰？」王凱魂問。

「田掌櫃，」神貓李說道：「你派他追殺我，到底是為了什麼？當場我和你進孝陵，也是為了得到黃帝玉璧，哪知玉璧並不在朱元璋的棺木中……」

「我為什麼要派他殺你？」王凱魂問。

「你問我，我問誰去，」神貓李說道：「當年義和拳失敗後，我和你逃到南方，都沒有人來追殺我，可自從我們進孝陵後，殺我的人就一撥接著一撥。有一次同時遭到三個蒙面人的追殺，我身負重傷，自知性命不保，我想死前弄清楚殺我的人是些什麼人，可是他們不肯說。無奈之下，我只得奮力一搏，拚鬥中，我的刀劃傷了為首一個人的右耳。就在我要認命的時候，另一個蒙面人出現，是那個人救了我，後來，我留給那個人一枚袁大頭，答應他說只要有人拿著這塊袁大頭找到我，無論要我做什麼，我都會做。那人只說一旦有人找我，要我說出那塊黃帝玉璧的事情，還有如何進入遠古通道。我答應了他。」

「你說了這麼多，關田掌櫃什麼事？」王凱魂問。

「你聽說我下去。」

神貓李說道：「前不久，我要我的徒弟偷出金剛舍利子，兩天後，就有人拿著當年我給那人的袁大頭找到了我，對我說『給他這塊袁大頭的人告訴他，如果有人偷出金剛舍利子，你一定要留意那個人，一旦形勢發生變化，帶著這半塊大洋，找到那個人。』我見他那麼說，便講出了那塊黃帝玉璧的秘密，還畫了進入遠古密道的地圖給他，他們走後，我覺得此事很奇怪，為什麼那麼多年都沒有人來找我，卻要選擇這個時候呢？於是我暗中跟蹤他們，當天晚上，我發現那個教授離開了北平，我和我徒弟一路跟下來，到了重慶後，見他進了一家玉風軒的古董店，當時我躲在門邊，見到一個老頭子出來招呼他，在那個老頭子轉身的時候，我看到他右耳上的傷痕。那可是我當年留下的，不可能認不出來。」

「唔，原來是這樣，」王凱魂皺眉說道：「當年你派人把我送回來，我成了活死人，自己都要人照顧，憑什麼派人去殺你？哦，我記起來了，我是對田掌櫃說過從明孝陵拿出了一些寶物的事。」

「他為什麼要追殺我？」神貓李問。

「也許他認為你已經拿到了黃帝玉璧，孝陵中沒有黃帝玉璧的事情，只有我和你能夠證明，」王凱魂說道，「他跟了我幾十年，我從地下出了貨，都是他幫忙賣出去的，我想這件事一定還有別的原因，你好歹也是幫中的長老，他怎麼敢以下犯上呢？」

「人心不古，現在的人為了權和利，什麼忤逆的事情都能做得出來，」神貓李說道：「不錯，他一定以為我們從孝陵中取出了黃帝玉璧，你傷成那樣子，玉璧不可能在你的身上，所以想殺了我，奪走玉璧！」

「我這麼做確實屬於忤逆，可是我也沒有辦法，還希望李長老諒解，」一個聲音從他們不遠處的草叢中傳出來。

神貓李尋聲望去，正是田掌櫃。

「你怎麼來了這裏？」王凱魂呵斥道。

「這麼大的事情，我怎麼能夠不來呢？」田掌櫃笑道，「鷸蚌相爭，漁翁得利，這個道理你們不會不知道吧？當初我確實以為黃帝玉璧在李長老手上，所以才命人追殺他。現在明白了，黃帝玉璧果真不在孝陵內，而是在塞外的玄幽古城！」

在王凱魂他們三個人的周圍，陸續出現不少荷槍實彈的士兵，齊刷刷地將槍口對準了他們，看樣子，他們埋伏在這裏很長時間了。

「對不起，師傅，我也是沒有辦法，我要是不聽他們的話，他們會殺掉我的。」劉白走到田掌櫃的身邊。

神貓李對王凱魂說道：「怎麼樣，你都看到了，連我的徒弟都出賣了我。」

「你為什麼要這麼做？」王凱魂厲聲問田掌櫃。

「剛才李長老也說了，為了權和利，什麼忤逆的事情都可以做。如果我把這件事辦成了，我可是大功一件，」田掌櫃說道：「這些年來，我用你托我賣的東西打通了關係，才得到這麼一個機會，我怎麼能夠錯過呢？我知道你成了蟄神，不同於凡人，可是你再厲害，也厲害不過子彈。」

王凱魂剛變成蟄神的時候，子彈不能傷他分毫，現在不知道能不能抵禦子彈，他哈哈大笑道：「難道你沒有聽到前幾天長江的外輪上發生的事情嗎？殺洋人的就是我。」

長江的外輪上發生的事情，早已經傳開了，消息靈通的田掌櫃自然知道，雖然他懷疑那個不畏槍彈的東方魔鬼就是蟄神王凱魂，但是他沒有親眼見到，還是有些不相信。眼下聽王凱魂這麼一說，心裏頓時一涼。

事到如今，已成騎虎之勢，由不得他後退了。

「田掌櫃，不用怕他，他已經不能變身了，」劉白在旁邊說道，「來人，把他手裏的定海神針拿過來。」

一個士兵走上前，剛要去拿王凱魂手中的定海神針。只聽得王凱魂大喝一聲，出奇不意地抓著那士兵的肩膀，硬生生將那士兵撕成了兩半。

他將那士兵血淋淋的屍首拋落草叢中，環視了周圍一眼，緩緩說道：「看誰還敢上來？」他對站在身旁的神貓李說道：「老鬼，動手！」

那些士兵頓覺眼前人影一晃，還未反應過來，就已經聽到了幾聲慘叫。

「開槍！」劉白大叫起來。

懸崖上響起一陣密集的槍聲。

長江邊的一處沙灘上，躺著兩個人。他們渾身濕漉漉的，剛從水裏爬出來。

王凱魂吃力地說道：「老鬼，你……說對了，真的是……人心不古……還好定海神針沒有……落到他們……的手裏……」

「你沒事吧？」神貓李看到王凱魂的胸前一大片血跡：「你為什麼要護著我？」

「你看我像沒事……的樣子……嗎？」王凱魂說話的時候，口中不斷冒血，「我以為……可以替……你擋子彈……他說……對了，我就是……再厲害……也厲害不過……子彈……」

在懸崖頂上的時候，他原想和神貓李聯手大開殺戮，槍聲響起的時候，他感覺右下腹一熱，知道大事不妙。他無法變身，就無法抵禦子彈，心下一急，寧可選擇跳崖，也不願定海神針落到那兩個小人的手裏。他見幾個士兵正朝神貓李瞄準，忙縱身上前，護著神貓李一同往崖下跳去。

神貓李爬過來，扶起王凱魂，撕開他的衣襟，見他的身上赫然有六個彈孔，正不斷往外冒血，幸虧他功力深厚，才熬到現在，若是換了平常的人，早就死了。

神貓李說道：「你不要說話，挺住，挺住，不是說成了蟄神後就可以不畏生死的嗎？」

「那是……書上說的……我都……不相信，」王凱魂把手中定海神針遞給神貓李，接著說道：「我們……兩個人……總有一個……必須活著……我不能去……玄幽……古城……我的兒子……沒有找到……扳指給……苗……地圖……在……在……」

王凱魂的話還沒有說完，就已經閉上了眼睛。

「老鬼，老鬼，地圖在哪裏？地圖在哪裏？」神貓李搖晃著王凱魂，幾件寶物都已經找到，就差那幾副去玄幽古城的地圖了。

清朝初年水神幫派人去塞外尋找玄幽古城，回來的人帶來了一張人皮地圖，那張地圖上標示著玄幽古城的確切位置，乾隆年間水神幫出事後，那張地圖和《洛書神篇》一樣，一分為四，四大長老各有其一。

任神貓李怎麼搖晃，王凱魂都不能說話了，他在王凱魂的身上摸了一陣，只摸出幾片《洛書神篇》的殘卷來，其他的東西再也沒有了。他從王凱魂手上摘下玉扳指，王凱魂的意思是沒有找到兒子，要他把玉扳指給苗君儒，接掌水神幫長老之位。

他拿過定海神針，仰頭向天，發出一陣狂笑，大笑過後，他說道：「我一定找個好地方把你埋了，也不枉我們交往一場，老鬼，當年在孝陵內，要不是你走在前面，死的人肯定是我。你雖然中了墓火，要不是我，你也活不下來，我拿我家的《洛書神篇》和人皮地圖給你，也算對得住你了。可是你並不知道，我早就留下了拓品。」

他背起王凱魂的屍體剛走了幾步，見前面沙灘上還躺著一個人，他走過去，用腳把那個人踢翻身，認出是梅國龍。他用手在梅國龍的鼻子下一探，還有氣息。

他放下王凱魂，雙手在梅國龍的肚子上揉了一會兒，扯著梅國龍的腳倒提起來。

從梅國龍的口鼻中流出不少水來，過了一會兒，他大聲咳嗽起來。

「好了，沒事了，」神貓李歎了一聲：「能活著就是萬幸！」

他背起王凱魂正要離開，聽到梅國龍微弱地叫道：「李老前輩請留步，我有話說！」

神貓李停住腳步，「你有什麼話就說吧！」

梅國龍支撐起身體，斷斷續續地把他知道的一些事情，包括自己梅家的身分，都說了出來。

神貓李聽了梅國龍的一番話後，眉頭一皺，說道：「原來你是梅家的人，難怪知道那麼多事情，當年救我的人是你的父親，他也在跟蹤我？」

「不錯，我們梅家的人一直都關注著這件事，」梅國龍說道：「李老前輩，你是老江湖，應該知道江湖上誰有那麼大的能耐，敢從警衛重重的碧雲寺中偷走金剛舍利子？」

神貓李的臉色微微一漾，說道：「江湖上能人太多，我也不太清楚！」

梅國龍有些吃力地站起身，說道：「我還想問兩句，李老前輩，劉白在偷走金剛舍利子之後，為什麼要留下他的印記？」

「你這是什麼意思？」神貓李放下王凱魂，回頭道：「不錯，他是我的徒弟，至於他為什麼要留下印記，那是他個人的事情，你們梅家不是關注著這件事嗎？為什麼不自己去查出來？」

「不虧是老江湖，幾句話說得冠冕堂皇，」梅國龍冷笑，「你有沒有想過，劉白還背著你做其他的事情？」

「我早就知道他是受別人指使的，那又怎樣？」神貓李冷然道：「那要看誰有本事把黃帝玉璧拿到手。」

他的雙腳站成了丁字步，那是要隨時出手的架勢。

「我在暈過去的時候，好像聽到有人發出狂笑，那種笑聲只有得意的人才有，」梅國龍說道：「在我醒來的時候，只看見你。把整件事連貫起來，就不難發現你的動機。你計畫確實很周密，只可惜還是有漏洞。」

神貓李往前走了兩步。

「只要你一出手，這裏便會再多一具屍體，」梅國龍的瞳孔在收縮，「可是我死了，對你沒有半點好處。」

「最起碼沒有人知道我拿走了定海神針，」神貓李的右手長爪狀，李家的貓拳在江湖中獨樹一幟，曾經打敗過不少高手。

「現在你已經有了定海神針和金剛舍利子，難道你就不想知道寶玉兮盒在誰的手裏？」梅國龍說道：「就算有三件寶物，若沒有地圖，還是找不到玄幽古城的。」

「在你的手裏？」神貓李問。也許這個梅家的後人身上，有他想要的地圖。

梅國龍搖頭，「半個月前，原北平偽政府市長劉顯中現在成了民政處的處長，我早就查過，劉白不是越獄，而是被人放出來的，你想過沒有，為什麼你們在碧雲寺中，遭到別人的堵截？」

「你好像知道的事情還不少，」神貓李突然想起來。按理說，那兩個堵截他的人應該不是他的對手，可是不知道為什麼，那天就是有勁使不上，才使手裏的寶玉兮盒被奪走，也許劉白早就在他吃的東西裏下了藥。

「可惜他人算不如天算，寶玉兮盒到了別人的手裏，」梅國龍說道：「你和劉白不僅僅是師徒關係！」

神貓李冷笑著，「你認為呢？」

梅國龍往後退了幾步，看了看身後的江水，說道：「薑還是老的辣，我已經知道答案了，其實你和劉白只是各為其主而已。」

「三樣東西缺其一都沒有辦法拿出那塊黃帝玉璧，」神貓李笑道：「只要能夠找到那塊黃帝玉璧，我就大功告成了，你認命吧，我不喜歡太聰明的人活在世上。」

神貓李身後的蘆葦叢中一陣響動，一個人從裏面走出來，那人的頭髮亂糟糟的，身上的衣服也破爛不堪，就像一個乞丐。那人左手上拿著一個木頭盒子，右手上持著一把快慢機盒子槍，那人走到離神貓李十幾步的地方站定，說道：「老狐狸，你高興得太早了。」

「你是誰？」神貓李問。

「蕭剛，」蕭剛說道：「你也許不知道，一年前我就跟上你。在那之前，你的老婆兒子也都不見了，他們是被人控制了吧？」

「這麼說來，我這一年中做過什麼，你都知道？」神貓李問。

蕭剛說道：「藺相如『完璧歸趙』後，趙王以藺相如出使強秦而不辱使命，遂列為上大夫。『澠池之會』藺相如使秦王擊缶，立大功，又被拜為上卿。後秦出兵攻趙，趙王以太子部作為秦國人質。趙王憐太子孤兒，派相如侍太子。一日相如偕太子遊驪山，不料太子得急症而亡。相如因此獲罪，被處極刑，割頭挖心，葬於驪山之濱。藺氏的家族因此受其株連，為了逃避這場災難，藺字去頭挖心，改姓為門，祖祖輩輩居住在墓之西北，為門家村。一年前，你挖開了藺相如的墓，從裏面拿出了寶玉兮盒，為了保守秘密，你命隨你去的官兵扮作土匪，將門村大小一百多口盡皆殺害……」

「夠了！」神貓李大叫道：「你想怎麼樣？」

「不怎麼樣，我把寶玉兮盒給你，讓你去玄幽古城，拿出那塊黃帝玉璧，」蕭剛說道：「你應該知道玄幽古城在什麼地方的，對吧？」

「有這麼好的事情？」神貓李不相信。

蕭剛把寶玉兮盒放在腳邊，走過去扶著梅國龍，兩人朝另一邊走去。走了一段路之後，梅國龍低聲問，「寶玉兮盒是從哪裏得來的？」

「從苗教授那裏拿走的，那天晚上，我在窗外還偷聽了你們的談話，」蕭剛說道：「那東西是一個叫黃森勃的人給他的，但是我現在還不知道寶玉兮盒是怎麼到黃森勃的手上去的。劉白絕不僅僅是一個巨盜。」

「我也這麼想，」梅國龍說道：「你為什麼把寶玉兮盒給了神貓李呢，這樣的話，他的手上就有……」

「三寶歸一，這是我希望看到的，」蕭剛打斷了梅國龍的話說道：「辛苦你了！」

「我們這要去哪裏？」梅國龍問。

「快點離開這裏，楊不修奉命帶人來殺你，我命人纏住了他們，沿著長江來找你，不料剛好碰上那樣的情形。」蕭剛笑道。

梅國龍邊走邊問，「蕭隊長，你這一年多都在跟著他嗎？」

「也不一定，我主要是在查與黃帝玉璧有關的事情，」蕭剛說道：「很多人都想得到那塊玉璧，其實這些事情，都不是你我所能夠控制的。快走！」

兩個人的身影漸漸消失在蒿草叢生的江邊小道上。

第二章

江浙口音的幕後人

那人說話一口江浙口音，他聽得不是很清楚，
意思是要他務必把黃帝玉璧弄到手。
那人警告他，無論他逃到哪裏，都能夠找到他。
他信。
從那刻起，他和他家人的命，已捏在那個人的手上。

蕭剛離開後，神貓李望著面前沙地上的寶玉兮盒，有點不相信自己的眼睛。這個叫蕭剛的人，居然說跟了他一年多，而且把他挖出寶玉兮盒的事情給說出來了。

當年他把王凱魂送回去後，就開始遭人追殺，這麼多年，他一直在逃避好幾撥人的追殺，也弄不清那些追殺他的人是什麼人。為了逃避追殺，他四處躲避，也不敢和他唯一的徒弟劉白聯繫，更不敢與家人聯繫，終日過著朝不保夕的生活。

兩年前的一天晚上，他所暫居的破廟被一隊軍人包圍，當天晚上他就被五花大綁著投入死牢。第二天一早，他又被提出了牢房，押進了一輛悶罐車，幾個小時後，他被人拖出了車子，並鬆了綁。

幾個身體健壯的士兵押著他進了一棟洋房的後院，在後院的一間佈置得很闊氣的房間裏，見到了一個穿著筆挺軍裝的中年人。那人長得很消瘦，高顴骨尖下巴，個子比較高，坐在那裏不怒自威，那雙狼一樣的眼睛望著他的時候，令他不寒而慄。

在那人的身邊，站著他的老婆和兩個兒子。

那人說話的時候，一口江浙口音，他聽得不是很清楚，但是意思很明白，就是要他務必把黃帝玉璧弄到手。

他離開的時候，那人警告他，無論他逃到哪個角落裏，都能夠找到他。他信。

從那一刻起，他和他家人的命，都已經捏在那個人的手上。那個人答應事成之後，讓他和家人團聚，給他足夠的錢讓他養老。

他不答應不行。在那個人面前，他根本沒有討價還價的餘地。

和那個人合作之後，他以為再也沒有人追殺他了，不料還是有人追殺他。他肯定那些追殺他的人不是那個人派來的，那個人要他什麼時候死，他躲都躲不過。

他也想查出那些追殺他的人是什麼人，可是查來查去都查不出來。那些襲擊他的人一旦襲擊不成功，便會很快退去，有偶爾被他抓到的，都會自殺身亡，不會給他留下活口。

一年前，他從藺相如的墳墓中挖出了寶玉兮盒。拿到寶玉兮盒後，他原想去西山碧雲寺中，將金剛舍利子盜出來。這兩寶已經到手，最難的就是定海神針了。

幾百年來，水神幫歷代長老進遠古密道探路，層層探進，已經探到了第六層，機關雖然破解了，但是人大多都已經死在裏面。他年輕的時候，就和王凱魂進洞過一次，那裏面就像一個大迷宮，有數不清的通道，稍一走錯就是死路一條。他們不敢進得太深，就退出來了。

就在他打算去西山碧雲寺的時候，那個人又派人找到他了，要他暫時不要動。他知道自己無論怎麼躲，都躲不過那人的手掌心，乾脆潛心下來對付那些追殺他的人。就這樣，他在恭王府內住了半年多，直到有一天，他外出的時候發現了徒弟劉白的身影。

他在一次遭人襲擊的時候，傷了腿上的經脈，行動有些不便，也想身邊有個人照顧，就找到了劉白，要劉白到他的身邊。

奇怪的是，自從住進恭王府後，那些追殺他的人就再也沒有露面。

有一天，那個人又派人找到他，要他務必在七月六日上午八時二十分之前，趁打開石塔門的時候偷走金剛舍利子。

他深知此時的西山已經是軍警林立，孫先生的停棺處更是蒼蠅都飛不進去，而他年歲已大，腿腳不便，若以他一人之力，恐怕難以盜走金剛舍利子。

在他的幫助下，劉白成功地進入停放孫先生棺柩的石塔，但是在石塔外面的他，卻同時遭到兩個蒙面人的攻擊，裝有寶玉兮盒的包裹被其中的一個人搶走。

兩天後，他要離開北平，不料那天晚上梅國龍帶著苗君儒找到了他，剛開始他以為是追殺他的人，但見那兩個人並未蒙面。

當梅國龍拿出那塊袁大頭的時候，他靈機一動，指引梅國龍去尋找遠古密道。他堅信，在梅國龍的身後有一股很強大的勢力，那股勢力也許和那些追殺他的人一樣，都是因為那塊黃帝玉璧來的。

苗君儒和梅國龍離開後，他故意說出了幾句《洛書神篇》中的話，目的是想看對方的反應，但他們兩個人的對話讓他失望了。

他伸出手去，撿起沙地上的寶玉兮盒，打開一看，見原本放在裏面的那封信不見了，想必是被蕭剛拿了去。他聽到前面傳來腳步聲，正要閃避，可惜已經遲了，在他的面前出現了十幾個人，每個人手裏都有槍。

為首的人正是楊不修，他和盛振甲通過望遠鏡看到了懸崖上所發生的事情，也聽到了那邊傳來的槍聲，最後看到兩個人從懸崖上落入水中。他看到了倒在沙地上的王凱魂，也看到了神貓李手中的奇怪手杖，還有手上的盒子。

神貓李見這些人來頭不善，打算做拚死一搏。

楊不修見神貓李的臉色有異，心知強搶不行。就算他把這兩樣東西搶到手，可還有第三樣東西，更何況，他並不知道玄幽古城在哪裏。他轉念一想，躬身下拜：「屬下參見李長老！」

見楊不修那麼做，其他人也跟著他躬身下拜。

「你們是水神幫哪個人的手下？」神貓李問。

水神幫除了四大長老家族外，還有金、木、水、火、土五大堂口。水神幫的人只有在特定的場合下，才會說出身分，看來這些人已經看出了他的身分。

「我乃木堂堂主楊不修，」楊不修說道。

「你怎麼認得我？」神貓李問道。

木堂的人向他鞠躬是理所當然的事，記得當年他離開水神幫的時候，木堂堂主還是一個姓歐的老頭子。這些年水神幫內的變化實在太大，有些事情他根本不知道。他覺得這個人的眼神好像在什麼地方見過，一時間想不起來。

聽神貓李這麼一問，楊不修暗驚，他早就聽說過神貓李神龍見首不見尾，是水神幫內一個很有傳奇性的人物，武功也很高，若要動起手來，他身邊十幾個人都不是神貓李的對手，但是他們手裏有槍。

連王凱魂都死在槍下，還怕神貓李不成？

可是眼下，他決不能和神貓李發生衝突，否則只會壞了大事。

他的臉色微微一漾，從身上拿出一塊金屬牌，答道：「屬下進入水神幫才十幾年，本不認識李長老，但也聽人說過李長老的樣子，又見您與本幫蟄神在一起，所以才有此問！」

神貓李看清那虎頭銅牌，正是木堂堂主的信物，微微笑了一下。

他現在什麼人都不相信，擔心到手的寶物被對方搶了去，本想殺了這些人，但見對方手裏有槍，也不敢亂來，於是便問道：「原來的木堂堂主去哪裏了？」

「歐老堂主兩年前去世了，屬下接替了他的位子，」楊不修說道：「李長老有什麼事可吩咐屬下去做的？」

神貓李把寶玉兮盒放入懷中，如果這些人是來搶寶物的，大可亂槍齊下將他打死，而沒有必要跟他說那麼多話。如果不是來搶寶物的，那他們來這裏做什麼呢？他問道：「你們來這裏做什麼？」

「找人，」楊不修說道。

神貓李「哦」了一聲，但他心知楊不修要找的並不是人，而是他手上的東西。

楊不修眼睛滴溜溜地望著神貓李手裏的東西，心想著如何控制這個老頭子，又不讓這老頭子起疑心。

神貓李望著那眼神，突然間想起，那些追殺他的人裏面，其中的一個人就是這樣的眼神，讓他最記憶深刻的一次，就是在西山碧雲寺中那兩個攻擊他的蒙面人，其中的一個就是這樣的眼神。

果真是自己的人在追殺他！他相信這些人只是小角色，還有大人物在後面操控著。

「剛才我上岸的時候，好像看到水中還有一兩個人，你們往下游找找看，」神貓李說道。

「我看算了，屬下還是護送李長老回堂口休息一下吧！」楊不修說完話，朝左右使了一個眼色，立刻有兩人上前「扶」著神貓李。

神貓李心知是無法擺脫了，當下心裏坦然下來，他倒想看一看這些人到底想把他怎麼樣。

他看了一眼王凱魂的屍身，說道：「把他也帶走吧，找個風水好的地方埋了！」

他被人「扶」往前面走去，有兩個人抬著王凱魂的屍身跟在後面，楊不修的手裏始終拿著槍，手指搭在槍機上，與他隔開一段距離。

轉過了兩道山坡，他們來到一處凹行的坡地，神貓李見這處坡地向陽，面臨長江，對面和身後青山連綿，是一處藏風聚氣之所，從風水上說，是青龍穴，後代子孫可享榮華富貴。

「就在這裏把他埋了吧，」他看著那些人七手八腳地挖坑，眼淚頓時下來了。這四大長老家族，雖說暗鬥不斷，但他和王凱魂還是有些交情的，當年他邀王凱魂入義和拳，失敗後兩人各自逃命，弄得王凱魂妻離子散，他內心也愧疚不已。但願那孩子還活在世上，這個穴位能夠為那個孩子帶來福蔭。

兩個男人抬著王凱魂的屍身放到坑中，很快掩上土，堆成一個小山包。

「砰！」的一聲槍響，站在坡頂的一個男人一個倒栽蔥栽了下來，其他的人趕緊伏倒在地，其中一個人叫道：「又是他們！」

楊不修伏在一處草垛下叫道：「包圍上去，消滅他們！」

「他們人多，」有人叫道。

那些人從上往下開槍，壓得楊不修和手下的人抬不起頭來，轉眼間，又有兩個人中槍滾落坡底。

趁著兩邊的人相互開槍之際，神貓李已經看好了逃生之路，他突然從藏身的地方跳起來，向右邊的樹林裏跑去，只要他鑽進樹林裏，就萬事大吉了。

「老傢伙逃走了！」等負責看守神貓李的兩個人明白過來時，神貓李已經鑽進樹林中了。

「媽的，你們是豬呀！一個人都看不好？」楊不修氣急敗壞地叫道：「還不快去追？」

那兩個人拔腿朝樹林裏追去。

進了林子後，神貓李發瘋般的跑了一陣，見身後沒有人追，才減緩了步伐。這一慢，才覺得右腿奇痛，扭頭一看，見褲腳上滿是血。

他的第一感覺是中槍了，用手擼起褲管，果見右腿上有一個槍眼，正往外冒血。他忙坐下來，撕了一塊衣襟，把受傷的地方紮好。起身往前走了幾步，那腿越來越痛，實在走不動了。這人一上了年紀就是不行，當年他被人在背上砍了一刀，包好傷口後，一天一夜還走了上百里路。後面傳來腳步聲，一定是那些人追上來了，他吃力地往前走了幾十步，腿一軟，跌坐在地上。

那兩個人是尋著血跡追上來的，一眼就看到坐在一棵樹下的神貓李，其中一個人罵道：「老傢伙，害得我們兩個人好找，我……」

那個人的話還沒有說完，樹林內響起兩聲槍響，兩個男人一頭栽倒在地。從一棵樹後面衝出兩個人來，神貓李看清這兩個人的樣子，驚道：「是你們？」

從林子裏出來的兩個人，正是離開他沒有多久的蕭剛和梅國龍，他們倆原本沿著另一條路走，繞了一個圈之後，聽到這邊響起了槍聲，又兜了回來。兩人也不敢照原路往回走，便從林子裏穿，走到這裏，剛好碰上那兩個人追上神貓李。蕭剛拔出槍來，兩槍就把那兩個人放倒在那裏了。

蕭剛上前扶起神貓李，三個人消失在樹林中。

那一邊的山坡上，槍聲漸漸稀疏起來。

苗君儒坐在一輛大卡車上，身體隨著車子的顛簸不停地搖晃著。盛振甲派了兩個最精幹的人「保護」苗君儒，他自己則坐著小車子，跟在大卡車的後面。小蓮偎依在他的身上，臉上露出滿足的笑意。

從小他就聽父親說過神秘的水神幫和黃帝玉璧的事情，立誓長大後要像那些人一樣，做個雄霸天下的霸主，二十二歲那年，他遠渡去日本，在東京明治大學攻讀政治經濟學，後在奉系將領郭松齡的推薦下到日本陸軍大學深造。一年前回國，經人推薦進入國民黨軍政參謀部作戰科。

也就在那時，他的父親寫信告訴他，要他開始行動，說幫內有人已經取出寶玉兮盒了，在信中，除了那幾頁信紙外，還有一片十釐米見方的薄皮，信中說那塊皮就是前往玄幽古城的地圖，只不過是四分之一，另外的三份在其他三大家族後人的手裏。於是他借病回家「調養」，在北平接近潘教授，從而知道了更多關於黃帝玉璧的事情，也知道了潘教授和重慶水神幫總堂那邊的關係。

他的父親很早就把與他青梅竹馬的小蓮送到了總堂，很多資訊都是小蓮帶給他們的。

除了小蓮外，他的父親還替他安排了一個人，那就是木堂的堂主楊不修。在和楊不修接觸了之後，他感覺對方是一個很難控制的人，於是暗中調查了一下，發覺楊不修有很深的政治背景，其叔叔是時任第二十軍軍長兼川鄂邊防司令的楊仁欣。在楊仁欣的幫助下，楊不修屬下木堂的勢力發展越來越大。

聯繫上楊不修後，他並沒有捅破那層紙，只以世襲長老的身分，要求楊不修相助。他也想把那塊黃帝玉璧弄到手，那樣的話，他就可以擁有大好江山，實現兒時的夢想。

至於楊不修，自然有他的想法，兩人心照不宣。

當他們來到三峽神女峰對面的山上時，見神女峰上有不少穿著軍服的士兵。楊不修也打聽到，巨盜劉白不知憑什麼本事，居然帶了一個團的人進了遠古密道，並在山上還留了一些人。

江這邊的山坡上，原本有不少水神幫金堂的弟子，在楊不修領人到來後，那些人全都散去了。

他清楚肯定有人在後面操縱著劉白，否則的話，憑區區一個劉白，怎麼可以調動一個團的軍隊。他這邊只有兩個排的兵力，還是他從同班同學，現任國民黨第十二軍某團團長那裏借來的。他決定暫時不動，隔江觀望，看情形再動手。

楊不修手下的人雖不多，但每個人都是清一色的二十響盒子，這樣的武器裝備，連正規軍都比下去了。

等了兩天後，終於讓他看到對面懸崖上的情景，有三個人從懸崖中間的一個地方跳下。

在崖頂上，有一些人在對峙著，最後響起了槍聲，接著看到兩個人從上面跳了下來，其中一個人的手上，還拿著一根棍子，估計就是傳說中的定海神針了。

他立即派人下水去救人，可惜只撈起了一個。

他知道江對面的人很快會趕過來，並不想和他們發生衝突，那樣對誰都沒有好處，所以他一面叫楊不修沿江去找落水的那幾個人，一面帶著苗君儒暫時離開，因為他還有很多事情要做。

車開沒有多久，他就聽到江邊傳來槍聲，心知楊不修一定與別人交上火，正要叫前面的人停車，突然聽到一聲巨大的聲響，眼看著走在最前面的那輛卡車被一股沙塵沖起，翻下了山崖。

司機剎住車子，盛振甲牽著小蓮的手從車上跳下來，躲在車後，見兩顆手榴彈凌空朝這邊飛來，忙抱著小蓮往地上一滾。

手榴彈在他們身邊不遠處爆炸，兩個士兵隨著爆炸的煙霧滾落在地。還好沒有傷著他們，只震得他的兩個耳朵嗡嗡直響。

不用他指揮，那些士兵跳下車開始還擊了，從槍聲上，他聽得出對方的火力並不怎麼樣，很多都是一些老式的步槍。

士兵們很快壓了上去，叫喊著往前衝。

「快下去找人！」他想起苗君儒就坐在第一輛車子裏，當他帶著人來到崖下，見那輛摔得一塌糊塗的車子旁，滾落著好幾個士兵殘缺的屍體，命人上下找了一遍，並沒有找到苗君儒。

奇怪！這人去哪裏了？

第三章

四大長老的人皮地圖

魯明磊和苗君儒進了船艙，分頭坐下，
說道：「你應該知道關於人皮地圖的事吧？」
苗君儒還是第一次聽到人皮地圖這四個字。
魯明磊說道：「想要黃帝玉璧，光有三件寶物還不行，
還必須有玄幽古城的地圖，否則很難找到的，
茫茫沙漠，根本無從找起！」

當盛振甲派人下崖尋找苗君儒的時候，苗君儒正被魯明磊背著，沿江邊的小路走到了另一個山谷中。

車子爆炸後翻下了山崖，在翻滾的過程中，將苗君儒和另一個士兵拋了出來。其他人則連著車子一同滾了下去。

那個士兵撞在一塊大石頭上，腦漿崩裂，當場死於非命。苗君儒身在空中的時候，看到石壁上橫生出一棵樹，忙在空中翻了幾個滾，向那棵樹撲過去，撞上一棵樹後，摔倒在草叢裏，當場暈了過去。

這一切，都被躲在不遠處土坡下的魯明磊看在眼裏。

卻說魯明磊從崖上跳到水裏後，仗著水性好，在風浪中拚搏，向江這邊游來。在水裏的時候，他就看到這邊的山坡上有人，而且還是穿著軍裝的軍人，他以為是劉白留在這邊的人，便多了一個心眼，沒有從江邊沙灘上岸，而是躲到江邊的篙草叢中。

金堂負責看守著神女峰的秘密，所以他對這一帶山上的地形都很熟悉。

在水中一番折騰，和他綁在一起的那兩個孩子已經嗆水暈了過去，他把兩個孩子解了下來，輕輕揉了幾下孩子的腹部，讓孩子肚子裏的水流了出來，那樣就沒有生命危險了。

等盛振甲離開後，那兩個孩子也甦醒了，他牽著那兩個孩子，沿著江邊的小路往前走，他聽到由下游傳來的槍聲，更不敢停留。走不了多久，就聽到山頂上傳來爆炸聲，從他頭頂的山崖上翻下一輛車來。

他嚇得閃到一旁，看著那輛車翻滾著，最後滾到離他不遠的地方。也看到有兩個人從車裏被甩出來，其中一個穿著軍裝的人，當場就死了，另一個人在樹上掛了一下後，落在了草叢中。

從衣著上，他認出是苗君儒。

當上面有人的叫喊下來找人的時候，他衝了過去，從草叢中背起苗君儒，轉身就走，那兩個孩子緊跟在他身後。

他沿著江邊的小路拐了兩個彎，見到前面走來兩個人，定睛一看，認出是金堂的弟子。

那些金堂的弟子本來奉命在這邊的山上守候著，被木堂的人驅散後，還是有一些人暗中留了下來。

那兩個金堂的弟子見到了堂主，說了這邊山上發生的事情，魯明磊點點頭，表示全都知道了。這兩個人輪流背著苗君儒，他們沿著這條千百年來縴夫們走的江邊小道，來到一座破舊的山神廟中。

經過這一陣路上的顛簸，苗君儒已經醒了過來，他渾身上下都是刮傷，衣服的前襟衣扣也被刮掉，露出了掛在他胸前的禦龍珠。

魯明磊驚奇地問：「這串禦龍珠是本幫遺失了幾十年的至寶，怎麼在你的身上？」

苗君儒把王凱魂給他禦龍珠的事說了一遍。

「幾十年前，王凱魂的父親帶著禦龍珠下到漩渦中，結果一去就沒有回來，禦龍珠也不見了，」魯明磊說道：「據說禦龍珠上隱藏著一個秘密，本幫歷代幫主和長老都沒有辦法解開！他既然把禦龍珠給了你，自然有給你的道理，你就留著吧，或許你能夠解開那個秘密。」

苗君儒想起魯明磊在洞中的所作所為，低聲問道：「我想知道你為什麼那麼恨他的爺爺？」

魯明磊說道：「那都是幾代人的恩怨，我有時間再告訴你！」他見江中有幾條船正朝這邊而來，忙道：「此地不宜久留，快走！」

一個金堂弟子攙扶起苗君儒，繼續往前走。

魯明磊接著吩咐另一個金堂弟子，說道：「立即去通知金堂屬下所有的弟子馬上撤離，不得與木堂的弟子發生衝突，只留幾個人打探消息就可以了。」

水神幫各大堂口的弟子，大多是江邊的漁民，或是一些販夫走卒，平日裏沒事，大家各自營生，一旦有事便聚攏來。

那個金堂弟子說道：「堂主，木堂的人經常欺負我們金堂，也不是一天兩天了，為什麼我們總要讓著他們？再這麼忍下去，很多弟兄們的心都寒了。」

「你懂什麼？」魯明磊叱道：「五大堂口同屬水神幫，大家都是兄弟，本幫歷年來兄弟相殘的事情還少嗎？再說了，木堂有軍隊撐腰，我們和他們硬頂的話，吃虧的只是我們，先忍一忍，有你們出氣的那一天！」

那個弟子領命去了。

往前走不了多久，見江邊停了一條船。岸邊的一個人迎上前，在魯明磊的耳邊說了幾句話，魯明磊聽了，臉色微微一變。幾個人上了船之後，那船張帆向上游而去。

上船後，苗君儒說道：「你現在總可以說了吧？」

魯明磊和苗君儒進了船艙，分頭坐下，說道：「你應該知道關於人皮地圖的事吧？」

苗君儒愣了一下，人皮地圖這四個字，他還是第一次聽到。

魯明磊說道：「要想拿出那塊黃帝玉璧，光有三件寶物還不行，必須有前往玄幽古城的地圖，若沒有地圖，是很難找到的，茫茫沙漠，根本無從找起！」

苗君儒點頭，如果沒有地圖的指引，要想在沙漠中找到一座古老的城堡，無疑難如登天。

魯明磊說道：「兩百多年前，本幫有人找到了玄幽古城，畫了一副人皮地圖，標示玄幽古城的準確地點，後來這張人皮地圖被一分為四，為四大長老家族所有。與五大堂口一樣，四大長老家族也是相互內鬥，窺視對方的《洛書神篇》和人皮地圖。

「幾十年前，王凱魂的祖父王驚天，找到了我的曾祖父，要我的曾祖父幫他對付梅家的人，我的曾祖父不想幫內兄弟自相殘殺，便沒有答應，幾天後，梅長老在家中被害，梅家的那份《洛書神篇》和人皮地圖都不見了，梅長老的手上，抓著一塊代表金堂堂主的銅牌。我的曾祖父為了證明自己的清白，在總堂的水神娘娘面前自盡，我祖父多次向其他兩個長老家族叫冤，但沒有人聽他的，無奈之下，我祖父只得另想辦法……」

苗君儒接著魯明磊的話頭說下去：「原來你們家有這樣的深仇大恨，難怪你一見到王鷟天的遺骸，表現得那樣子。你祖父不是九指神捕嗎？難道他沒有辦法報仇？」

魯明磊說道：「我祖父只想討回一個公道，所以當了清廷的捕頭，幾年下來，也闖出了名頭，他幾次找王鷟天，可惜都敗了！」

苗君儒說道：「最後那一次，你祖父見王鷟天進洞，所以跟了進去，不料幾個人全都死在盛長老的手裏。」

魯明磊點頭：「我現在想明白了，冤冤相報何時了。這些年，王凱魂時時刻刻都在防我，我也想殺了他，可是殺了他又怎麼樣呢？」

苗君儒說道：「你想明白了就好呀！」

魯明磊說道：「遠古密道倒塌了，生命之泉的秘密成了永遠的謎，只可惜那塊禹王碑，碑上的那四個字，是關乎生死之謎的！」

苗君儒說道：「原來你也看出來了。」

魯明磊問道：「如果不是王凱魂闖進來，盛長老真的能夠用定海神針打開生命之泉嗎？」

苗君儒微微笑道：「生老病死本就是自然法則，你是學道之人，應該明白人只能長生，而不能永生之理。有很多歷史的玄機，是根本無法破譯的。」

魯明磊望著苗君儒的胸前，說道：「我覺得很奇怪，王凱魂為什麼要把這條禦龍珠留給你！」

這個原因苗君儒也想知道，當初王凱魂把禦龍珠給他，是想他能夠成功進去龍宮，後來他把定海神針取出來後，王凱魂為什麼不拿走禦龍珠呢？

苗君儒搖了搖頭：「我也不知道，或許有他的想法。」

魯明磊點頭。

苗君儒說道：「王凱魂的手上，至少有兩張人皮地圖，不知道他逃出來沒有，如果他死在了洞裏面，那麼無論如何都拿不到黃帝玉璧了。」

魯明磊說道：「我在上船的時候，聽屬下人說，有人見到神貓李和王凱魂被木堂的人帶著走，王凱魂已經死了，被他們埋在一個山坡上。他身上的東西，一定被神貓李或者楊不修得了去！」

苗君儒暗驚，王凱魂一死，就沒有人可以解開他身體內的毒了，忙問：「他死了，那些被他下了毒的人怎麼辦？」

魯明磊說道：「還能怎麼辦，等死唄！他下的藥別人解不了，據我所知，一般要半年以後才會毒發！」

苗君儒心知已於事無補，他的生命只剩下半年的時間，便說道：「和楊不修在一起的那個人，是盛長老的後人，我已經把盛長老給我的玉扳指給了他，這人好像也有些來頭。」

「梅、盛兩家的後人都牽扯進來了，這件事鬧得越來越大了，」魯明磊說道：「當年梅家出了那件事後，後人一氣之下離幫而去，幾十年來都沒有消息，原來是在尋找機會！」

苗君儒說道：「等待機會的可不只他們梅家！」

魯明磊問道：「你接下來打算怎麼做？」

「我可不想黃帝玉璧落在野心者的手上，」苗君儒說道：「你的手下不是有很多人嗎？想辦法找到神貓李。」

「在方圓幾百里內，想找到他並不難，」魯明磊說道：「可是找到他之後又怎麼樣呢？他現在和楊不修在一起，我們鬥不過他們。我在江邊的時候，見到那個盛家後人身邊的女人，就是服侍王凱魂的婢女小蓮，盛家把小蓮放在王凱魂身邊，肯定也是有目的的。」

船行兩個小時後，在江邊的一個小村子停靠，又有人上船向魯明磊稟告消息。

魯明磊的神色嚴峻起來，對苗君儒說道：「田掌櫃和楊不修談判成功了，他們的人正四處找我們。」

「我們？」苗君儒問。

「是的，他們在找洞裏出來的人，也包括我！」魯明磊說道：「聽說神貓李並沒有被楊不修抓走，不知他現在和什麼人在一起？」

苗君儒問：「我被盛家的後人抓走後，遭到一些人的襲擊，那些是什麼人？」

魯明磊說道：「我也不知道是什麼人，但據我手下的說，他們很有組織，手上的武器不怎麼樣，但是敢拚命，敢向軍隊開火。」

苗君儒想起了他以前接觸過的一些人，據他所知，只有那些堅持真理和信仰的人，才敢於這麼獻身。

這麼說來，是誰在領導那些人呢？

魯明磊見苗君儒不說話，便說道：「我已經命人廣布眼線，只要一有他們的消息，我們立刻行動！」

那兩個孩子已經被人安頓好了，十幾年後，苗君儒在華山尋找「龍葬之地」，得到了他們兩人的相助，那是後話。

卻說楊不修要那兩個人去追神貓李後，他帶著手下的人，仗著武器上的優勢，很快將山上的那些人擊潰。他還沒來得及喘口氣，就聽到林子裏傳來兩聲槍響。

他暗叫不妙，帶人追到林子裏，留給他的只是兩具屍體。

看著地上的血跡，他認定受傷的人逃不了多遠，正要親自帶人去追，卻聽屬下回報說，江對岸過來的船已經靠岸了，總堂的田掌櫃請他過去，有事情商量。

田掌櫃的公開身分是玉風軒古董店的老闆，另一個身分是水堂的堂主，在別人的眼裏，他是王凱魂的人，但是楊不修卻不這麼認為。

一年前，田掌櫃交給他一樣東西，要他去北平衡源齋找老闆李子衡去鑒定一下，結果李子衡找來苗君儒，經苗君儒鑒定，那東西是戰國時代的銘玉杖首。

那是他第一次見到苗君儒，回來後他把去北平的情形告訴了田掌櫃，田掌櫃只說了四個字：「可惜，可惜！」

也不知道田掌櫃可惜什麼。

後來他聽他叔叔說，第三集團軍的閻總司令有一次爬山的時候，拄著一根拐杖，那拐杖的杖首很特別，後來聽人說，那是戰國時代的玉杖首，是原北平偽政府市長劉顯中送的。

從那以後，他再也不敢小看田掌櫃的。

也許田掌櫃早就知道了他的底細。他進水神幫，是他叔叔楊仁欣早就安排好的一招棋。

當年他叔叔楊仁欣聽說了黃帝玉璧的故事，後來留心起這件事，多番打聽關於黃帝玉璧的事情，終於知道了水神幫以及幫內四大長老家族的秘密，也不知道是什麼原因，他叔叔結識了袁大總統身邊一個姓盛的幕僚。在那個人的幫助下，他被送入水神幫木堂。

剩下的，就等時機成熟了。

他命其他的人全都順路去追，務必找到人，另外派人通知他的叔叔，多派軍隊把守住每個路口，一半以上的木堂弟子，也都順江而下去找人，他不相信神貓李能夠長了翅膀飛走。

安排好這一切後，他來到田掌櫃他們的船上。

站在田掌櫃身邊的，除了一個四十多歲，臉上有刀疤的男人外，還有一個穿著上校軍裝的軍官。

田掌櫃向他介紹，那個軍官是第三集團軍的胡團長，那個男人是神貓李的徒弟，江湖人稱巨盜的劉白。

正如楊仁欣所料的那樣，閻長官果然插手這件事了。

楊不修心知以他叔叔的勢力，還沒有辦法與閻長官抗衡，於是問道：「你們找我來想談什麼？」

「我們合作吧？」田掌櫃說道：「要想成功拿到那塊黃帝玉璧，只有大家精誠合作才行？」

「憑什麼我要跟你們合作？」楊不修問，「我和你們井水不犯河水！」

田掌櫃冷笑道：「如果沒有我的幫助，你能夠當上木堂堂主之位嗎？你做過什麼事情，別以為我不知道。」

木堂老堂主就是楊不修派人暗害的，在水堂的幫助下，他成功地控制了木堂。聽田掌櫃話中的意思，他幾次奉他叔叔的命，去追殺神貓李的事情，也洩露了。

自從神貓李幾年前出現後，他叔叔就派人盯上了。神貓李不虧是老江湖，多次在他們的眼皮底下逃脫。

北伐軍打進北平沒有多久，他叔叔要他去北平。在他叔叔的安排下，身為國民黨作戰科幹事的盛振甲帶他進入西山碧雲寺，按他叔叔的意思是暗殺主席臺上的馮將軍。就在他準備動手的時候，盛振甲及時制止了他，並給他一張字條，字條上寫著：神貓李要盜走金剛舍利子，速到假山截殺。

他來到安放孫先生棺柩的石塔後面的假山，見兩個蒙著面的人在那裏打鬥，其中一個蒙面人的身上，背著一個包裹。他以為那個背著包裹的人已經偷出了金剛舍利子，忙撕下一塊布蒙著臉，衝了過去。

在他的幫助下，另一個蒙面人終於把包裹搶到手，迅速翻牆而去，只留下他們兩個人。聽到打鬥聲的警衛趕了過來，他們兩個人只得匆忙逃離。沒有兩天，一直和王凱魂保持著聯繫的北大潘教授神秘自殺。他叔叔要他離開北平，監視三峽這邊的動靜。

果然，他回到木堂後沒有幾天，就接到總堂那邊的消息，說王凱魂已經成功變身為螯神，不日將到三峽，從神女峰下的那個漩渦進去龍宮，取出定海神針。

就在王凱魂到達神女峰的前兩天，他得到消息，有一個團的軍隊沿著水神幫的路，上了神女峰，帶隊的好像是水堂的人。那些人大多數人進了遠古密道，還留了一些人在外面。

田掌櫃的水堂在五大堂口中，勢力僅次於他的木堂。在沒有弄清楚情況之前，他不敢輕舉妄動，只做了一些相關的安排。看著王凱魂和苗君儒下到漩渦後，他命木堂的弟子驅散了守候在江邊的金堂弟子，將江這邊控制在了他的手中。

盛振甲帶著兩個排的士兵及時趕來，聽他說了江對岸的情況後，表現得很冷靜，默默地在江這邊看著那邊的變化。

他們在這邊等了兩天，終於等到江對岸出現那樣的情形。

楊不修望著田掌櫃，笑道：「大家彼此彼此，田掌櫃的手段我也是一清二楚的。」

田掌櫃笑道：「這就好，大家不妨把話敞開來談！」

楊不修問：「你想怎麼談？」

田掌櫃說道：「你我二人在水神幫這麼久，為的是什麼，大家心裏明白。你應該知道，光有那三樣寶物還不行，還必須有人皮地圖，沒有地圖的話，誰都找不到玄幽古城。」

楊不修在江邊見到神貓李的時候，就是考慮到人皮地圖還不知下落，所以才留了一手，不料卻被神貓李逃走。他說道：「莫非你手上有地圖？」

「可以這麼說，」田掌櫃轉身從船艙內捧出一樣東西來，正是供奉在總堂的那尊水神娘娘。

楊不修下意識地要下跪，看到田掌櫃臉上露出一絲譏諷之色，忙正色道：「你好大的膽子，竟敢妄動總堂的水神娘娘？」

田掌櫃笑道：「是鰲神要我隨後把水神娘娘請出來的，他說事情辦好，就不用回總堂了，我猜不出他請水神娘娘出來的用意，還好被我發現水神娘娘的底部有一個小孔，除了地圖外，我實在想不出他把什麼重要的東西放在裏面。」

楊不修說道：「這很簡單，把水神娘娘剖開，不就知道裏面是什麼東西了嗎？」

田掌櫃笑道：「如果能夠這麼做，我就用不著等到現在了，水神娘娘裏面的機關製作得很精巧，稍有不慎的話，機關被觸動，會將裏面的東西絞碎！」

楊不修問：「難道只有用那把銅鑰匙才能夠打得開？」

田掌櫃點頭：「現在蟄神已死，東西肯定落入了神貓李的手裏，所以我們必須儘快找到神貓李。」

楊不修望著那尊水神娘娘，說道：「好吧，我和你們合作！」

蕭剛和梅國龍扶著神貓李穿過了樹林，他們也知道後面有人追，走不了多遠，見前面一條小路上走來幾個人。

神貓李一看那幾個人身上的衣服，低聲說道：「是木堂的人，我們繞著走！」

他不敢順著路走，只朝沒有人的地方而去。

翻過了兩座山，還沒有下到谷底，見下面的路口有軍隊把守著，幾個士兵嚴格地盤查著來往的每一個人。

「一定也是來堵我們的，」梅國龍說道。

神貓李說道：「穿過谷底的那條路，再翻過兩座山，就可以到一個叫培石的村子。」

如果他們冒然穿過去，一定會被那些士兵發覺，唯一的辦法就是等天黑，可是現在離天黑還有幾個小時，後面那些追他們的人，會很快循跡追過來的。

「我實在走不動了，你們走吧！」神貓李把手裏的兩件寶物放在地上。

梅國龍問道：「李前輩，你不是對我說過，只要找到這兩件寶物，你手上的金剛舍利子自然會出現的嗎？」

神貓李說道：「就算我把金剛舍利子給你，也沒有用，你們沒有地圖，找不到玄幽古城的。」

梅國龍說道：「你是指四大長老家族每人一張的人皮地圖？」

神貓李點頭道：「我的那張圖連同《洛書神篇》，一起給了王凱魂，你們梅家的那一副，我相信早在幾十年前，就連同《洛書神篇》，到了王凱魂的祖父王驚天的手裏。我一直懷疑王凱魂手上有三家的《洛書神篇》和地圖，唯一剩下的，就是盛家的那一份了。在洞裏的時候，你也看到了，那個盛長老手裏的《洛書神篇》被王凱魂拿走，他一死，盛家的《洛書神篇》到了我的手裏，可惜他死的時候，沒有說出地圖放在什麼地方。」

神貓李從衣內拿出幾片黃黑色的竹片來，接著說道：「你們要的話，也可以拿去！」

梅國龍問：「那現在怎麼辦？」

神貓李說道：「我見過我家的那份地圖，出玉門關一直往西走，有一個叫吐魯番的地方，我想玄幽古城應該離吐魯番沒有多遠。」

蕭剛說道：「那我們想辦法去吐魯番！」

神貓李說道：「十年前我去過那邊，那邊很不平靜，有很多馬賊，稍不留神命就沒了。」

梅國龍突然叫道：「不好！他們追來了！」

蕭剛舉目一看，見前後都有人，正一步步緊逼上來，他剛要說話，突然聽到身後有聲響，扭頭一看，見原本坐在地上的神貓李和放在地上的那兩件寶物都不見了。不遠處的樹叢中，傳來「沙沙」聲響。

梅國龍正要追上去，被蕭剛攔住：「不用追了，我們走！」

梅國龍問：「去哪裏？」

「我們先將這些人引開！」蕭剛拔出槍，目光冷峻地望著前方，他必須殺出一條血路衝出去。

苗君儒終於等來了神貓李他們那幾個人的消息，但是形勢很不樂觀。梅國龍和另一個男人強行衝出重圍後去向不明，神貓李被水堂的弟子在江邊發現，定海神針和寶玉兮盒也落到田掌櫃的手裏，他們現在正向神貓李逼問金剛舍利子和人皮地圖的下落。

五大堂口各自在對方那裏都安插了自己的人，所以消息來得很快。

魯明磊對苗君儒說道：「田掌櫃懷疑王凱魂把人皮地圖藏在了水神娘娘裏面，他們在神貓李和死去的王凱魂身上，都沒有找到開啟水神娘娘的銅鑰匙。王凱魂身邊的婢女其實是盛家安插在他身邊的，我懷疑地圖已經被那個婢女偷走了，現在到了那個叫盛振甲的人手裏。」

苗君儒從衣服內拿出一把銅鑰匙，說道：「這把銅鑰匙是我的老師從一個姓梅的風水師那裏得來的，他對我說可能與黃帝玉璧有關，不知道他們想找的鑰匙是不是這把？」

「姓梅的風水師，那一定是梅家的人，」魯明磊接過銅鑰匙，說道：「這把鑰匙怎麼會到了梅家人手裏？」

苗君儒說道：「這我就不知道了！」

魯明磊看著手裏的銅鑰匙，笑道：「有了這把鑰匙，我倒可以找他們談一談了！」

苗君儒的臉色一變，「你找他們談什麼！」

「他們只想得到黃帝玉璧，而我不同，」魯明磊向門口走去，說道：「我只想當好水神幫的幫主！」

「原來你也是一個有野心的人，」苗君儒要上前搶回銅鑰匙，哪知魯明磊早有防備，身體一退就退到外面去了。

苗君儒追出門去，見面前站著十幾個身體健壯的漢子，全都虎視眈眈地看著他。憑他的身手，要想打贏這十幾個人並不難，難的是如何從魯明磊的手裏搶回銅鑰匙。

他在這十幾個人的圍攻下，眼看著魯明磊騎上馬，往前面奔去了。他很後悔輕信別人，魯明磊若沒有野心的話，為什麼要尾隨著梅國龍進遠古密道呢？為什麼會把王鷲天手上的玉扳指戴在自己的手上？

他的腦海中出現了一個瘦小老人的身影，正是向他講述水神幫及黃帝玉璧歷史的田掌櫃，眼下，以他一個人的力量，是無法與田掌櫃他們抗衡的。

他想到了梅國龍，也許只有這個被稱為梅科長的人才能幫他，只是不知道和梅國龍在一起的蕭剛，是何方神聖。

他虛晃一招，一腳踢倒左邊的一個漢子，趁機衝出空隙，向村外追去。

田掌櫃從魯明磊的手中接過銅鑰匙，插進水神娘娘座底的那個小孔中，只輕輕轉動了兩下，一聲細微的「咔嗟」聲後，底座下彈出一個小洞來。他小心地用手指朝裏面挖了一下，扯出了兩塊淡黃色半透明的皮來。

那皮上畫有許多彎彎曲曲的細線，還有幾個地名。正是他們要找的人皮地圖。

這兩張人皮地圖加起來，也就是半張完整的地圖，另外的兩張不知道在誰的手裏。

站在一旁的楊不修說道：「盛振甲是盛家的後人，他的手上應該有一張。」

劉白說道：「還有一張呢？」

「應該在神貓李的手裏，」田掌櫃說道：「按魯堂主所說的，這把銅鑰匙是梅家的人給苗教授的老師，而梅家離開本幫已經有好幾十年了，幾十年前發生的那件事，我相信你們都聽說了，所以我肯定這兩張人皮地圖在幾十年前就已經放進去了，正是王家和梅家的那兩張。我在王凱魂身邊那麼久，也聽說神貓李把李家的那份《洛書神篇》和人皮地圖給了王凱魂，可是沒有人見到，誰都不相信！」

劉白說道：「我師傅對我說過，他確實把《洛書神篇》和人皮地圖給了王凱魂。」

楊不修問道：「可是現在只有兩張，還有一張呢？」

劉白說道：「也許王凱魂把那張地圖放在了另外一個地方。」

田掌櫃看著鋪在桌子上的人皮地圖，說道：「不用那一張也無所謂，我們只要有了三張，一定能夠找到玄幽古城的大體位置，反正我們人多，大家分頭去找，不可能找不到的！你們看這張地圖上有玉門關，我想玄幽古城應該就在那附近。」

楊不修說道：「現在我們手上只有定海神針和寶玉兮盒，還有金剛舍利子在哪裏？不是你從碧雲寺裏偷出來的嗎？」

劉白說道：「是我偷出來的，我把舍利子給了我師傅！」

田掌櫃說道：「神貓李一定把舍利子放在他身上了，等下我們把他殺了，把他的肉一塊塊的割開來，就不相信找不到舍利子。現在我們考慮一下，怎麼去找玄幽古城。」

魯明磊說道：「尋找黃帝玉璧是你們的事情，我就不摻和了，你們繼續聊吧，我走了！」

田掌櫃笑道：「魯堂主，你送這把銅鑰匙來，不可能沒有目的的吧？」

「我只想幫你們！」

魯明磊轉身正要離去，突然聽到兩聲槍響，隨即胸口傳來一陣劇痛，低頭一看，鮮血汩汩地從他的胸口冒出，滴在地上。

他扭過頭，看到楊不修手裏那冒煙的槍口，艱難地說道：「你……殺我？」

「你的祖上被人陷害，愚蠢地跑到水神娘娘面前自殺，想不到你也一樣。」楊不修笑道：「別以為我不知道你想什麼，你明知道我們這幾個人都想得到黃帝玉璧，到時候一定會拚個你死我活，而你就可以趁機一統水神幫，當上幫主，我說的沒有錯吧？」

「江湖……道……義……」魯明磊說完這幾個字，身體一歪倒在地上，他至死都不明白，水神幫自古以信義而聞名江湖，這些人怎麼不講江湖道義？不但答應了他的事情要反悔，而且還下手殺他。

他潛心修道幾十年，竟然忘記了人心叵測。可是他自己從苗君儒手上搶走銅鑰匙，不也不講道義嗎？

過來兩個人，把魯明磊的屍體拖了出去。田掌櫃望著楊不修手裏的槍，眼中閃過一絲驚異。

接下來，田掌櫃他們幾個人對前往玉門關的路線發生了分歧。田掌櫃和劉白想走水路沿長江直上，到青海後轉陸路過甘肅到玉門關；楊不修則想走陸路過四川後，沿著古代的絲綢之路到達玉門關。

每個人心裏都有鬼，但是誰都不點破。

楊不修的叔叔是川鄂邊防司令，湖北四川都在他的勢力範圍內，田掌櫃怕在這段路程內出事，所以想走水路，只要一離開這兩個地方，就安全了。

而楊不修早就做了安排，務必在他叔叔的地盤內把事情解決掉，一旦到了青海甘肅那邊，就鞭長莫及了，那邊是閻長官和馬氏兄弟的勢力範圍。

最後總算達成了統一，先沿長江直上到重慶，然後轉陸路走，由絲綢之路到玉門關。

楊不修轉身要離去，田掌櫃上前幾步，擋住他的去路。

楊不修說道：「你這是幹什麼，我要去見盛振甲，他手上還有地圖呢，你們走你們的水路，我走陸路，到重慶後和你們會合。東西都在你們的手上，怕什麼呢？」

田掌櫃說道：「楊堂主，你我都是聰明人，如果我放你走了，說不定什麼時候我們這幾個人，全都給你叔叔包了餃子，我命人通知盛振甲到玉門關會合，其他的你就不用擔心，跟著我們走就是！」

楊不修見走不了，只得道：「好吧！」

他知道他的叔叔也在派人緊盯著這邊的情況，一旦時機成熟，馬上就會動手。

「上船！」田掌櫃說道。

楊不修和他身邊的幾個手下，被田掌櫃的人「護送」著走上停靠在江邊的船。

離他們不太遠的一處山頂上，盛振甲通過望遠鏡看著這邊的情況，在水路上動手有很多顧慮，怕那些人狗急跳牆把東西丟到江裏，最保險的是在陸地上動手，一定要出其不意。

他對身邊的副官說道：「回去告訴你們楊軍長，他們要從水路走！」

第四章

要想人不知，除非己莫為

田掌櫃問道：「你怎麼肯定是我？」

蕭剛說道：「是你做賊心虛，你的神色出賣了你，

其實我在一分鐘之前還不能夠肯定

當年我見到的那個人是你，我只是懷疑而已，

要想人不知，除非己莫為！」

苗君儒衝出了那些人的包圍，要想追上魯明磊已經不可能了，他獨自一人往另一個方向而去。當務之急，是要儘快找到梅國龍。

只要跟著田掌櫃那些人，梅國龍一定會出現。

他和水神幫的人相處了這麼久，已經掌握了幫內的江湖黑話和接頭切口，把自己打扮成一個販夫走卒模樣的人，混在江邊的漁民裏。

長江上下游的漁民，十有八九都是水神幫的人。他很快打聽到，李長老逃到江邊的時候，被水堂的人抓到了，現正押在船上。兩條船往上游去了，至於去哪裏，這些人根本不知道。

走水路要比陸路慢得多，更何況還是逆水而上。

苗君儒沿著江邊那條縴夫們踩出來的路，只一天的時間，就追上了田掌櫃他們的那兩條船。這一路上，他遇到好幾撥人的盤問，有士兵也有水神幫的人，都被他輕鬆應付過去了。

他望著江中緩慢行駛的兩條帆船，想上船去看看。

夜半時分，從上游飄下來一堆雜草，那堆雜草在靠近那兩條船的時候，從草中探出一顆頭來，正是苗君儒，待雜草與船幫擦身而過的時候，他突然伸出雙手鉤住船幫，並輕輕地攀了上去。

船上的人大多已經睡著，只有幾個水堂的弟子來回走著，警惕地看著周圍的一切，可惜他們沒有看到那個悄悄上船的苗君儒。

苗君儒上船後，並不急於行動，而是找一個角落，用船帆將自己蓋了起來。

過了兩個小時後，其他的人都已經睡去了，只留了兩個人坐在那裏說話。苗君儒正要起身時，突然聽到了船邊一陣細微的水響，過了一會兒，見右邊的船舷上來兩個人，依稀可見第一個人是梅國龍，另一個人他好像在哪裏見過。

他很快記起，是在梅國龍給他看的照片上，那個人叫蕭剛，是總統府的侍衛。

他們兩個人上船來做什麼？

苗君儒剛要起身，離他不遠的那兩個人發現了那邊的情況，起身朝那邊走過去。當經過他身邊的時候，他伸腿將第一個人掃倒，接著起身，以迅雷不及掩耳之勢捏住第二個人的喉嚨。

倒在地上的那人正要起身，被他一腳踢中太陽穴，當場暈死過去。

被捏住喉嚨的那人發出「咯咯」的聲音，呼吸急促起來。

「不要吭聲，否則殺了你！」苗君儒低聲道。

那人忙點頭。

苗君儒低聲問：「你們把神貓李關在哪裏？」

那人輕聲道：「在後面那條船最下層的船艙裏。」

梅國龍和蕭剛走了過來，低聲問道：「苗教授，你怎麼在這裏？他就是我對你說過的蕭剛。」

「你們怎麼也上來了啊？」苗君儒朝著蕭剛點了點頭，算是有打過招呼了，他接著說道：「換上他們兩個人的衣服，到後面那條船上去救神貓李。」

船艙內傳來一個人的喝問：「小六子，你們幹什麼？」

苗君儒身邊的那個人忙應聲：「沒事，我們鬧著玩的！」

船艙內的人罵道：「把招子（眼睛）放亮一點，出了事饒不了你們！」

梅國龍換好了衣服，低聲道：「我們本來想帶著神貓李一起走，可是那老傢伙不相信我們，臨時溜走了，我們還幫他把人引開，誰知道他還是落到人家的手裏。」

苗君儒問：「你們上船是來偷東西，還是來救他的？」

蕭剛說道：「如果可能的話，我們都做！」

「兄弟，委屈你了！」苗君儒一掌擊在那人的腦後，將那人擊暈，剝下衣服後，連同另一個人一起綁著，塞住嘴放到船帆的下面。

三個人輕手輕腳地來到船尾，見兩條船之間有一根粗大的繩索連著，兩船相隔約二三十米，那條船上有好幾個人，舉著火把在船上走來走去，若從繩索上爬過去，肯定會被那些人發現。

苗君儒拿過一條繩索，低聲說道，「你們把繩子拴在腰上，我放你們下去，這樣他們就看不到，到了那邊之後，我在這條船上點火，引開他們的注意力，你們就趁亂進船艙，完事後跳水走。」

蕭剛和梅國龍各自在腰上綁上繩子，輕輕下到水裏，他們這麼做是不想被江中的暗流捲走。

苗君儒蹲在船邊，手抓著繩子一點點地往下放，眼見著梅國龍和蕭剛靠上了那條船，忙把繩子拴在邊上。

他伸手往口袋中一摸，卻摸了一個空，想起在洞中的時候，把那個打火機送給王凱魂了。

他回到那兩個人身邊，摸了一陣也沒有摸到點火的東西，正要另外想辦法，卻看到船艙內走出一個人來。

「媽的，小六子，你們一定偷懶睡覺去了，看老子怎麼整你？」那人罵罵咧咧地朝苗君儒這邊走過來，走近後一看情況不對，剛要張口叫人，可是已經遲了。

苗君儒一拳擊在這人的腹部，當場將這人打暈。

他把這人輕輕放下，向船艙內走去，下到裏面一看，見並排睡著幾個人，旁邊的小桌子上放著一盞點著的馬燈，還有兩把大刀。

他上前兩步，突然聽到一陣鈴聲響，仔細一看，原來他不小心觸上了一條細線，那細線橫拉著，離地約十釐米高，船上的人叫驚夜鈴。

這驚夜鈴一般在裝貨的船上才有，長江上下那麼多來往的貨船，船上的貨很容易引來水賊的偷盜。白天倒還好，到了晚上，水賊出沒得很猖狂，船家防不勝防。後來人們想出了辦法，就是在一些地方裝上掛有銅鈴的細線，外人上船後不小心觸到細線後，銅鈴就會響。

銅鈴一響，睡在小桌旁的一個漢子一骨碌爬起來，伸手去抓桌上的大刀。他的反應夠快的，可是再快也沒有苗君儒快。

苗君儒縱身上前，已經把那把刀抓在了手裏。

其他的人也醒了過來，驚駭地望著眼前的一幕。

「我不想殺你們，別逼我動手，」苗君儒說道：「船上還有多少人？」

「上面就我們幾個，」一個漢子看著苗君儒手上閃著寒光的大刀，低聲說道：「關著木堂的一些人，還有火堂和土堂的兩個堂主！」

原來田掌櫃早就把火堂和土堂控制住了。

「把艙門打開，把裏面的人放出來，」苗君儒說道。

一個漢子爬起來，走到一邊把下層的艙板打開，下到裏面去了，不一會兒，裏面陸續有人出來。

桌邊的那個漢子見苗君儒不留神，猛地撲上前，雙手去奪苗君儒手裏的刀，同時叫道：「兄弟們快動手！」

苗君儒情急之下，橫刀一撩，一股鮮血立刻噴了出來，噴得他一頭一身。

那個漢子的脖子上中刀，踉蹌著撲倒在地。其他人見狀，頓時不敢輕舉妄動了。

苗君儒冷聲道：「還有誰不服的？」

沒有人敢應聲，一個個驚恐地望著他。

「這條船等下馬上要沉了，你們各自逃命去吧！」苗君儒用刀背磕碎了馬燈，裏面的煤油由桌子上流到那些漢子睡覺的棉被上，一股火苗立刻竄了起來。

兩個六十多歲的老頭子被人扶著從下面上來，看到苗君儒後，其中一個老頭問：「好漢，走的是那趟水？」

苗君儒聽得懂那是江湖切口，意思是要問他哪個幫會或是做什麼的。他立刻回答道：「兩位分別是火堂和土堂的堂主，我已經知道了，趕快逃命去吧！」

另一個老頭道：「壯士可否留名，本堂主……」

苗君儒微笑道：「我只是無名之輩，你們如果要想謝我的話，回去後整頓手下的人，不要幹害人的事就行了。」

船艙內的火勢漸漸打了起來，那些人爭著往外跑。

苗君儒隨著他們來到外面，見不少人已經跳水。水神幫的人個個會水，就算綁著他們的手腳丟到水裏，也不見得能夠淹死。

後面那條船上的人早已經看到這邊的情形，大聲喝問著，可是沒有人回答他們。

苗君儒來到船尾，一刀砍斷連著兩船的那條繩索。他見那條船上的人開始忙亂起來，估計梅國龍和蕭剛已經上船去了。

船上的火勢沿路燒得越來越大，燒得「嗶嗶啵啵」直響，火光閃爍地照著苗君儒的臉，那臉上的血使他看上去如同戲裏的關公，只是少了頷下的五縷長鬚。

他丟掉手裏的刀，正要跳水，猛地想起桅杆的船帆下還躺著兩個被打暈的人，那可是兩條無辜的人命呀！

他返身經過船艙的時候，竄起的火苗幾乎燒著了他的衣服，來到桅杆下，見那兩個人還被綁在那裏，其中的一個已經醒了過來，正嗚嗚地叫著。另一個被他踢中太陽穴的人，還沒有醒來。

他忙把兩個人解開，那人要跳水，被他一把扯住，「你只顧你自己的命呀，他呢？」

那人忙抱住同伴，一同滾落水裏。

苗君儒看看船上再也沒有其他人了，走到船沿，見下面的那條船上也不斷有人在跳水，不知道發生了什麼事。

他跳到水裏，奮力向岸邊游去。突然聽到那條船上傳來一個人的叫聲，「不要讓他們跑了，追上去殺了他們！」

他游了過去，見浪頭上，十幾個漢子手持著短刀，正拚命地往前追，隱約可見最前面的水浪中，有三個人影。

一定是梅國龍他們把神貓李給救出來了，田掌櫃氣急敗壞，才命人追殺他們，可是他剛才聽到的聲音不是田掌櫃的，而是劉白！

梅國龍他們兩個人的水性絕對比不上那些在水裏泡大的水神幫弟子，若是被那些人趕上，他們一定凶多吉少。

他的水性不怎麼樣，但是依靠《洛書神篇》副卷給他的功力，在水裏對付幾個人，還是沒有問題的。

他迅速一個猛子扎到水裏，借著水流之勢游了過去，很快地便離了那幾個人不遠，他快速浮上水面深吸了一口氣，揮手叫道：「我在這裏，有本事來殺我呀！」

幾個游在最後的漢子見後面還有人，忙轉過身向他撲過來。

離他最近的一個漢子，揮著短刀向他當胸刺到。他一把抓住那漢子的手腕，用力一扭，只聽到一聲細微的骨頭斷裂聲，那漢子慘叫一聲，身體在水中緩了一緩，立刻被水流卷走。

這個漢子只是被苗君儒扭斷了一支胳膊，並無性命之憂。

就這樣，苗君儒一連扭斷了好幾個漢子持刀的手，興許是他的兇悍嚇壞了其他的人，那些人見他追過去，忙向別的方向游去。

苗君儒看著前面的那三個人，離岸邊已經不遠，便尾隨著他們游去。

那三個人上岸後並未走開，坐在那裏等苗君儒上岸。

「你們沒事吧？」苗君儒上岸後，脫下身上的濕衣服，朝他們走過去。

「我們差點死在那裏面，」梅國龍大口大口地喘氣。

苗君儒走過去後，看清梅國龍他們救來的人並不是神貓李，而是田掌櫃，忙問：「這是怎麼回事？神貓李呢？」

「我太低估劉白和神貓李了！」田掌櫃憤憤地說完這句話之後，便不再吭聲。

梅國龍把他們上船後的情形說了一遍。原來他們是趁著苗君儒在那條船上點火時，上了船後便往船艙裏去，由於他們穿著水堂的服飾，黑暗中也沒有人發現他們。他們在進船艙之前，就聽到裏面有人在爭吵了，進到船艙後，他們看到不可思議的一幕。

他們以為神貓李一定會被田掌櫃的人關在船艙裏，哪知他們看見神貓李正坐在一張椅子上，劉白和楊不修站在旁邊，田掌櫃則站在另一邊，臉色非常難看。當他們倆進去後，立刻被神貓李認出。

劉白揮了一下手，立刻有人向他們撲過來。站在一邊的田掌櫃一看，趁神貓李不防備，抓起桌子上一樣東西朝艙門外衝去。經過他們身邊的時候，低聲說道：「快跟我走！」

梅國龍和蕭剛分別打倒撲向他們的人，尾隨著田掌櫃跑出了船艙。他們並沒有停留，而是直接跑到船邊，一頭扎入水中。很快便有十幾個漢子跳入水中向他們追來，若依他們的水性，很快便會被那些人追上，幸虧有田掌櫃，不斷教他們如何避開浪頭，借用水流的速度往前游，才沒有被那些人趕上。

「我們要快點離開，」田掌櫃說道：「他們很快會派人來追的！」

蕭剛望著苗君儒脖子上的禦龍珠，問道：「苗教授，你的這串項鍊是從哪裏來的？」

「是王凱魂給我的，」苗君儒說道：「你也認得？」

蕭剛說道：「我認得，我小的時候戴過，有一年我跟我媽到江邊去等我爸，結果我爸沒有等到，等來了一隊清兵，我媽為了保護我挨了兩槍，那時我生病正發著高燒，什麼都不知道，醒來的時候就躺在教堂裏了，是傳教士蕭格雷斯先生救了我，他把我取了一個名字叫蕭剛，後來……」

田掌櫃問道：「你還記得你父親叫什麼名字嗎？」

蕭剛搖了搖頭：「我只記得我小時候戴過的這串項鍊，別的都沒有印象了。」

苗君儒說道：「當初王凱魂把項鍊給我的時候，說過他的兒子曾經戴過，也許你就是他的兒子！」

田掌櫃說道：「不錯！據我所知，當年王凱魂和神貓李一同參加義和拳，後來義和拳失敗，他的老婆接到幫內兄弟帶回來的信，說是要她帶孩子去武漢和他會合，結果一走就再也沒有回幫。幾年後，王凱魂被人送了回來，可是他已經變成了另外一個人，他後來多次派人尋找他的老婆孩子，都沒有消息。」

苗君儒說道：「四大長老的後人，一生下來就在左臂刺上龍形刺身，你看你有沒有？」

蕭剛大驚，說道：「不錯，我的左臂上確實有個龍形刺身！」

他擼起袖子，果然見臂上有個很清晰的龍形刺身。

田掌櫃看著江面，叫道：「他們追來了，快走！」

江面上的那條船已經靠岸，不少人舉著火把，叫喊著向這邊追過來。

苗君儒把禦龍珠摘下來，遞給了蕭剛，他們三個人跟著田掌櫃，很快消失在夜幕中。

他們三個人跟著田掌櫃，一路緊走慢走，幾次躲過那些人的追趕，黎明時分來到江邊的一個小漁村。

田掌櫃說道：「你們在這裏等，我進去弄點吃的，再做打算！」

苗君儒望著田掌櫃的背影進入小村子，心裏嘀咕開了。水神幫一直以來內鬥不斷，但都沒有這一次來得厲害，為了那塊黃帝玉璧帶來的利益，所有的人都不顧一切了。他明明聽魯明磊說田掌櫃、劉白和楊不修他們達成了協定，共同找到黃帝玉璧，怎麼才這麼短的時間，三個人就起內訌了，究竟是什麼原因變得這樣？還有魯明磊呢？不是拿走那把銅鑰匙去找田掌櫃他們了嗎，結果也不知道怎麼樣。

這一路上，田掌櫃什麼話也不說，只知道走路，苗君儒幾次話到嘴邊，都沒有問出口。

過了一會兒，田掌櫃從村子裏出來了，帶來了一小袋子生地瓜。他把地瓜分給大家，說道：「村子裏有官兵，說是查赤匪的，抓到一個馬上就槍斃，已經槍斃了好幾個人！」

聽了田掌櫃的話後，梅國龍望了蕭剛一眼，沒有說話。

幾個人躲到一處偏僻的地方，啃了一陣生地瓜，好歹填了一下肚子，接下來該怎麼辦。幾個人相互望了一眼，都沒有說話。

此時天色已經大亮，若不儘早想辦法離開，一定會被人發現。

過了一會兒，田掌櫃說道：「我們去塞外吧，在玉門關等他們，我看過地圖，知道玄幽古城離玉門關沒有多遠，應該就在那附近！」

梅國龍說道：「可是神貓李對我們說，他的那張地圖上，出玉門關往北走，有一個叫吐魯番的地方……」

田掌櫃說道：「我們都被那條老狐狸給玩了，最可惡的就是他的徒弟劉白，不知道用什麼手段，居然買通了我的人，我以為神貓李二十幾年沒有回幫，在幫內應該沒有根基，哪知道他的根基出乎我的想像！」

苗君儒問：「你說什麼，他二十幾年來都沒有回幫？」

田掌櫃說道：「是的，我一直待在總堂，難道我還不知道嗎？」

苗君儒說道：「我想是他們兩個人一直保持著聯繫，只是他們做得很隱秘，避開了你的耳目！」

田掌櫃一驚：「有這個可能！」

苗君儒說道：「我聽魯堂主說過，那個服侍王凱魂的婢女小蓮，其實是盛家放在王凱魂身邊的，你不覺得很多事情，都像早就安排好了一樣？」

田掌櫃大驚：「婢女小蓮？我怎麼就沒有想到呢？我用魯堂主送來的鑰匙打開水神娘娘雕像，裏面只有兩張圖，按道理，王凱魂手上應該有三張圖才對，如果是小蓮做了手腳，另一張圖應該到了盛振甲的手裏了！」

梅國龍說道：「這麼說的話，他的手裏現在有了兩張圖，只要他們合作，就可以找到玄幽古城，拿出那塊黃帝玉璧了？」

田掌櫃點頭。

蕭剛說道：「黃帝玉璧絕對不能落到他們的手裏，我們去吐魯番，在那裏等他們。」

苗君儒說道：「吐魯番在古代的絲綢之路上，那裏曾經有過一個國家，叫車師國，我幾年前去過那邊考古，知道那裏有一個神秘的古城，叫交河故城，當地人稱『雅爾和圖』，意為『崖兒城』，是座落在生土崖上的，不知道地圖上的玄幽古城是否就是交河故城？」

蕭剛說道：「不管是不是，我們去到那裏就知道了！」

苗君儒說道：「本來我也想去那裏看看的，可是據當地人說，那裏盤踞著一股很兇悍的土匪，見人就殺，已經殺了好幾撥外國的探險家，所以我就沒有去了。」

蕭剛凜然道：「就是龍潭虎穴，我們也要闖上一闖！」

田掌櫃問：「就我們這幾個人嗎？要不我去召集一些我的得力手下，怎麼樣？」

蕭剛說道：「不用，人越少越好，那樣他們就不容易發現我們的行蹤。現在由著他們去，無論是誰最後拿到那三件寶物和地圖，都會去找玄幽古城的。」

田掌櫃說道：「要去你們去吧，我可不奉陪！」

蕭剛說道：「你不去的話，怎麼向你的主子交代呢？」

田掌櫃臉色一變：「你這麼說是什麼意思？」

蕭剛說道：「我知道你不是漢人，而是滿人，對吧？」

田掌櫃的臉色瞬間變得煞白，驚顫道：「你是怎麼知道的？」

蕭剛說道：「其實我們以前就見過面，民國十三年的時候，馮玉祥將軍的軍隊包圍紫禁城，趕走溥儀。之後這位大清帝國的皇帝就居住在他父親的府邸裏，你還記得那地方嗎？滿清遺老鄭孝胥經常在那裏出入的。馮玉祥將軍趕走曹錕後，邀先生北上議事。滿清的那幫遺老不願意先生北上，便想出了暗殺的招數，由於我們侍衛隊早有防備，他們的陰謀沒有得逞。我奉命調查那些殺手的來歷，最後查到了鄭孝胥的頭上，有一天晚上我潛入溥儀居住的北府，見到一個人跟著鄭孝胥一同進去，我想那個人應該是你！」

田掌櫃問道：「你怎麼肯定是我？」

蕭剛說道：「是你做賊心虛，你的神色出賣了你，也證實了我的推測，其實我在一分鐘之前還不能夠肯定當年我見到的那個人是你，我只是懷疑而已，因為晚上較暗，我看得不是很真切，只是覺得有點像而已。」

田掌櫃往後退了幾步，面色慘然地說道：「四十年前，我奉老佛爺之命尋找黃帝玉璧，才加入水神幫，幾十年來，幫內沒有人懷疑我的身分。我是個生意人，為了生意四處走動，和不同的人打交道，也是很正常的。」

蕭剛說道：「要想人不知，除非己莫為！」

田掌櫃說道：「當年我派出去的殺手全都失敗，我們也知道你們已經懷疑上我們了，那天晚上鄭先生叫我去見皇上，說有要緊的事情商量，沒有想到卻被你發現了我的行蹤！」

蕭剛問道：「你們到底商量什麼事情？」

田掌櫃說道：「現在說出來給你聽也無所謂，鄭先生要安排皇上離開你們的控制，借助日本人的勢力恢復大清國！」

蕭剛說道：「你認為中國還會恢復帝制嗎？袁大總統也只做了八十三天的皇帝夢！」

田掌櫃說道：「如果我能夠拿到黃帝玉璧，天下還是我們滿人的！」

「癡人說夢話，」蕭剛笑道：「慈禧太后命你尋找黃帝玉璧，看來你的身分並不低！」

田掌櫃說道：「我乃正黃旗內衛副統領查哈爾！」

「原來我們兩個人的職責是一樣的！」

蕭剛笑道：「我和梅兄弟衝進船艙的時候，就聽到裏面傳來爭吵聲，進去後看到那些水堂的弟子都憤怒地望著你，這一路上我一直在想，為什麼你經營多年的水幫弟子，那麼輕易地背叛你，肯定是有原因的，而且原因很不簡單。聯想起我在北府內見過的那個人，於是我有心探你一下，沒有想到你的臉色證實了我的推斷。

「正因為你是滿人，所以水幫的弟子才會覺得受騙，進而背叛你！我想知道你真實身分的人，除了我之外，另一個人是劉白或者是神貓李，所以你上岸之後才會不由自主地說出太低估他們的話來，後來發覺言語有失，就不再說話了，不料這樣更增加了我的疑心。」

苗君儒聽著他們兩人的對話，越聽越心驚，他雖然懷疑田掌櫃的身分，但卻沒有往滿人那方面去想。他望著蕭剛，發覺這個總統府侍衛實在不簡單。蕭剛發現田掌櫃的身分，是先前在特定的場合裏見過，那麼劉白和神貓李，又是怎麼知道的呢？他想到了那枚白玉扳指，莫非劉白在劉顯中哪裏見過田掌櫃，也知道了田掌櫃的身分？

田掌櫃說道：「現在你們什麼都知道了，想怎麼樣？」

蕭剛說道：「把你從船上帶來的東西給我，如果你認為我們三個人打不贏你一個的話，大可試一試！」

田掌櫃伸手入懷，拿出了那兩張地圖，這是他趁亂從桌子上搶來的。

蕭剛說道：「你的主子在天津日租界，你隨時都可以去找他，要不你也可以和我們一起走，碰一碰你的運氣，看你能不能幸運的拿到那塊黃帝玉璧！」

田掌櫃說道：「好，我跟你們走！到時候誰有本事誰拿走黃帝玉璧！」

說完後，他把地圖丟給蕭剛，不料蕭剛把地圖還給了他，說道：「不虧是大清的內衛副統領，能夠說出這樣豪氣的話出來，是條好漢！以後我該叫你查哈爾呢，還是田掌櫃？」

田掌櫃說道：「還是田掌櫃吧，這名字被人叫了四十多年了，順口！」

蕭剛說道：「我們這就去關外！」

「那邊有人來了，」梅國龍說道。

他們見從村子裏走出幾個斜背著槍的士兵，正往這邊走來。

蕭剛對梅國龍說道：「我們剛穿過水神幫的衣服，現在要換一套衣服穿了！」

他和梅國龍走出藏身的地方，被那幾個士兵看到，領頭的一個士兵摘下槍，大聲問道：「什麼人？」

梅國龍回答：「我們是江邊的漁民！」

那個士兵叫道：「我看你們不像漁民，倒像赤匪！」

蕭剛說道：「我們可不是土匪，長官，不信的話，你們可以搜我們的身上！」

那幾個士兵一齊向蕭剛他們兩人圍過來，待士兵走近後，他們兩人一起出手，速度快而狠，三下五除二，這幾個士兵就被打趴在地上。

「不能留活口，否則就麻煩了，」梅國龍說著，挨個將暈過去的士兵扭斷了脖子，剝下衣服後，屍體丟入江中。

他們套上士兵的衣服，另外的兩套留給苗君儒和田掌櫃。苗君儒穿上後倒還合身，可惜田掌櫃年紀太大，穿著軍裝怎麼看都不像。

蕭剛笑道：「田掌櫃，只有委屈你了！」

他找了繩子，將田掌櫃「綁」了起來。三個「士兵」押著田掌櫃，大搖大擺地往大路上走去。

一路上只要遇到關卡，梅國龍就回答：抓到一個赤匪的奸細，押到上頭去審問的。

幾天後，他們到了重慶，換了一身衣服，買來幾匹馬，裝上一些貨物，辦成行腳商人的樣子，往甘肅那邊而去。

他們並不知道，這一路上雖說沒有出什麼意外，但是一出關外，奇怪的事情便接踵而來。

第五章

維吾爾女子

五個人下了樓，經過他們身邊的時候，
那個女人望了苗君儒他們一眼，
一雙藍色的眼珠，清澈得像兩汪湖水。
苗君儒聞到一股有點像紫羅蘭的香水味。
他知道是從那女人身上散發出來的。
一般的維吾爾族女人，很少用香水，
更別說是這種味道怪異的香水。

一個多月後，苗君儒他們四個人沿著古代的絲綢之路，風塵僕僕地來到河西走廊西端的重鎮——安西，安西古稱瓜洲，安西之名，起始於康熙年間，康熙帝在安西布隆吉大敗葛爾丹部屬三千餘人，始稱「安西」，取義為「安定西域」。

在古代，瓜洲是絲綢之路上的一個重要的交通要塞，古絲綢之路在這裏分為南北兩條線，往南經敦煌、陽關、樓蘭等處，又分為幾條線，直通中亞和歐洲；往北則經過哈密、吐魯番，直通北歐。在歷史上，這裏一直駐有重兵。

年代不同了，絲綢之路早已經失去了原有的性質，但是仍有不少商人，由這裏往新疆那邊運些緊俏的貨物，或者由那邊往內地運貨。

和古代相比，安西要顯得落寞多了，但仍不失繁華，這鎮上最多的就是歇腳的旅館，來往的客人，操各種口音的都有。

馬匹和駱駝馱著各種貨物，在大街上來來往往。

走在大街上，除了路邊小吃店裏飄出的一種特有的牛油味外，就是馬糞草的味道了。

鎮子裏的居民大多是回民，也有蒙古人，漢人和維吾爾族人並不多。

他們離開安西，沿著絲綢之路來到哈密，在進鎮子的時候，苗君儒他們就向人打聽過了，這裏駐紮著西北軍的一個旅，是半個月前過來的，旅長是馬步芳。在這之前，這裏的駐軍最多一個營，把一個旅的兵力放在這裏，為的是什麼呢？

從這裏往西到吐魯番，也就幾百里的路程，騎兵用兩天的時間就能到達。

他們在大街上的時候，不時看到全副武裝的士兵來來去去。西北軍是閻長官的部隊，莫非閻長官已經得到了消息，才派出這一個旅的軍隊來這裏，目標是幾百里外的玄幽古城？

苗君儒看到一家挑著一面黃色旗子的旅館，旗子上寫有回漢維三種文字：平安客棧。

這來來往往的商人，求的就是平安二字。四個人走到客棧門口，早有一個戴著白色平頂小圓帽的回族夥計迎了上來，操著流利的漢話：「四位老闆是要住店吧，我們這裏包你睡得舒服，我們還有上等精飼料，把你們的牲口餵得飽飽的，路上絕不掉膘！」

夥計說的都是行話，來往的客人都是靠牲口馱貨物，客人在選擇住店的時候，也要看店裏餵牲口的飼料如何，一旦牲口掉膘，會影響負重力，還會耽誤行程。

蕭剛說道：「就住這吧！」

他吩咐夥計把馬背上馱的東西放下來，把馬牽到後院去。

苗君儒看了一眼大街上的人，他這是第二次到這裏了，上一次去樓蘭考古，回來後也是在這個店子裏住。

苗君儒見蕭剛他們在看著貨物，便向樓上走去，上樓的時候，從上面下來幾個人，四個挎著腰刀的維吾爾族男人，兩前兩後護著一個戴粉紅色蓋頭，臉上遮著面紗的女人，走在最前面的兩個男人一把要將他推開，他側身避過那兩個人的手，身體順勢退下樓！

其中那個漢子望了他一眼，用維吾爾語說了一句：「是個會武功的！」

梅國龍一見，正要上前評理，被苗君儒攔住：「梅科長，我們不要惹事！」

那四個男人除了腰刀外，腰間的衣服鼓出一大塊，明顯還有傢伙。五個人下了樓，經過他們身邊的時候，那個女人望了苗君儒他們一眼，一雙藍色的眼珠，清澈得像兩汪湖水。

苗君儒聞到一股很奇怪的香味，有點像紫羅蘭的香水味。他知道是從那女人身上散發出來的。一般的維吾爾族女人，很少用香水，更別說是這種味道怪異的香水。

待那五個人離開後，梅國龍問夥計：「他們是什麼人？」夥計回答道：「您可以自己去問他們呀，我們這裏只管服侍好客人，從來不問客人姓名，從哪裏來到哪裏去什麼的。」

四個人要了兩間客房，苗君儒和蕭剛一間，田掌櫃和梅國龍一間。

他們剛進房間，夥計就送來兩壺熱水，是給客人泡腳用的。行腳商人住下後的第一件事就是泡腳，熱水泡腳很解乏，泡過之後，有條件的再洗個熱水澡，一天的疲憊就消失了。

蕭剛一邊往腳盆裏沖熱水，一邊和苗君儒說著話，他的聲音很低：「對不起，苗教授，把你的家弄得那麼亂，本來我想整理一下的，可是有人來了，就急忙離開！」

苗君儒看了蕭剛一眼：「你怎麼知道寶玉兮盒在我的手裏？」

蕭剛說道：「還記得你那個叫黃森勃的同學嗎？是他告訴我的！」

苗君儒微微愣了一下，「他和你是什麼關係？寶玉兮盒怎麼到了他的手裏？」

蕭剛慢慢地開始說出事情的經過：「劉白被抓前，在小力胡同泉升樓找小紅，因為貪念她的美色，經常去找她，一次酒醉無意間說出了他的身分，小紅害怕惹事上身，便告訴了龜公，龜公貪圖警察局那兩百大洋的賞金。於是劉白被員警從小紅那裏抓走，臨走的時候，他把一枚玉扳指放在小紅的枕頭下。小紅拿著那枚玉扳指去古董店賣，想替自己贖身，不料被古董店老闆的朋友認出是水神幫長老的信物。」

苗君儒忍不住說道：「就是隔壁的田掌櫃！」

蕭剛點頭：「田掌櫃花錢買下玉扳指後，得知劉白被抓的消息，他擔心小紅把此事洩露出去，於是想殺人滅口，不巧小紅被我救了！因為那個時候，我一直盯著田掌櫃。我救下小紅後，以為她有什麼背景，一問之下，才知道她是一個普通的青樓女子，她唯一的一個親人，在幾年前學生運動的時候被抓進去了，那個人就是你的同學黃森勃。那段時間我查找不到神貓李的蹤跡，以為劉白是神貓李的徒弟，兩人有聯繫。於是我通過我的關係，在監獄中找到黃森勃，要他接近劉白，並得劉白的信任，他果然不負我所望，從劉白的口中得到很多關於水神幫的事情，只可惜沒有我想要的消息。北伐軍進北平的前兩個月，劉白從監獄中出來了，我以為他要去找小紅拿回玉扳指，便留意小紅那邊的動靜，奇怪的是，他並沒有去找小紅。」

苗君儒從衣袋中拿出那枚白色的玉扳指，「這枚玉扳指既然已經到了田掌櫃的手裏，為什麼又回到小紅那裏呢？」

蕭剛說道：「你也知道田掌櫃的身分，鄭孝胥那幫滿清遺老能夠在北平那麼活動，和偽政府市長劉顯中的關係肯定不一般，那枚玉扳指對田掌櫃沒有什麼用，但劉顯中不同，他可是一個專愛收藏古董玉器的人。」

苗君儒說道：「田掌櫃為了拉攏劉顯中，投其所好將那枚玉扳指送了出去。」

蕭剛說道：「也許那邊滿清遺老們，在拉攏西北軍各階層官員的時候，妄想再來一次『張勳復辟』，沒有想到北伐軍那麼快進入北平，這個時候，田掌櫃想起了監獄中的劉白，只要通過劉白找到神貓李，那塊黃帝玉璧就有下落了。於是他們通過劉顯中的關係，把劉白放了，對外聲稱是越獄逃走。

「至於玉扳指是怎麼又回到小紅那裏的，我也不是很清楚，不過我懷疑一定是有人告訴了劉白，玉扳指在劉顯中手裏，所以劉白出獄後去劉顯中那裏盜走玉扳指，也正因為這樣，使他們師徒相遇，讓我和田掌櫃他們都發現了神貓李的藏身之所，我們並沒有去驚擾神貓李，都在暗中觀察。

「黃森勃出獄後找到我，說劉白要他七月六日早上去西山碧雲寺的圍牆外等候，不知道要做什麼。我知道那天是一個很重要的日子，神貓李在那天有所行動，一定是有很大目的的，於是緊盯著神貓李，一路跟到西山。

「到西山後，有人領著他們直接進了碧雲寺。而我卻花了很大的力氣才潛進去，我在孫先生棺柩所在的石塔邊發現了他們師徒的行蹤，劉白已經換上了警衛的服裝混在警衛裏進石塔了，神貓李則躲在假山的後面，身上背著一個包袱，我偷偷靠上去的時候，被神貓李發覺，於是我一不做二不休，想把他背上的包裹搶到手，那包裹裏，肯定裝著重要的東西，此前我就已經查到他已經取出了寶玉兮盒。在拚鬥中，我發覺他的武功並不怎麼樣，後來又來了一個人，我們三個人鬥在一起。我找了一個破綻，從神貓李身上拿走了包裹，不料跳出牆後又遭到幾個人的堵截。

「在一棵樹下，我見到了站在那裏的黃森勃，我要他拿著包裹先走，我纏著那幾個人。當我後來找到他的時候，他已經被人殺了，包裹也不見了，還好在他的身下，我發現一個用血寫的苗字，我就馬上想到了你，因為他對我說過，你是他的同學，是目前國內考古界最年輕的專家。於是我去找你，在你的窗下聽到了你和一個女人的談話，確定東西就在你那裏。也就在前一天晚上，我發現劉白去找過你的老師，第二天他就自殺了。」

苗君儒說道：「我老師自殺和他有很大的關係？」

「我想應該有，」蕭剛繼續說下去，「碧雲寺中發生那件事後，你和梅國龍去恭王府找神貓李，是我安排的，我只想在不驚動你的情況下，把東西拿出來！」

苗君儒說道：「我去找小紅的時候，看到劉白從胡同裏出來，殺死小紅的人應該是他，他既然殺死了小紅，為什麼要把玉扳指留在那裏呢？」

蕭剛說道，「就跟你老師自殺的原因一樣，也許只有他才能夠回答你了！其實他們也是受人控制，七月六日那天我見他們能夠順利進入碧雲寺，就已經找到答案了，我現在要做的，就是不讓黃帝玉璧落入野心人的手裏！」

外面響起了敲門聲，夥計推門進來，「兩位老闆，請去樓下用餐！」

蕭剛擦乾腳，穿上鞋子走了出去。苗君儒望著他的背影，陷入沉思中，如果不是他說的這些，很多事情他都想不明白，原來這件事的背後，還有那麼多不為人知的內幕。

四個人下樓到客棧的大堂吃東西，走進大堂的時候，見裏面已經坐了不少人，一邊吃著東西一邊低聲說著話。

他們找了一處角落的桌子，分頭坐了下來。

夥計殷勤地上前問：「四位老闆要吃點什麼？」

田掌櫃說道：「來一個酥油大盤雞，一條烤羊前腿，一盤醋溜土豆絲、十個肉夾饃，四碗牛肉拉麵，外加五斤熟牛肉！」

也許他的聲音較大，引來了其他客人的注目。

蕭剛低聲道：「田掌櫃不虧是滿人，點回民的菜式這麼利索，我們到回民的地界也不是一兩天，還是頭一次見你這麼豪爽呀！」

苗君儒聽得出蕭剛的話中有話，他見梅國龍不時將目光投向右邊第四張桌子上坐著的那幾個人。那幾個人坐在那邊吃東西，不時的望向這邊。

坐在他身後隔壁桌的三個男人邊吃東西邊歎氣，並低聲說著話。他扭過頭去，問一個年紀較大的男人：「借問一下，你們這是怎麼了？」

那個男人看了苗君儒一眼：「看樣子，你們也是行腳商人，做哪種生意的？」

苗君儒說道：「茶葉！想送到庫爾勒那邊去。」

那個男人擺手道：「趕快回去吧，前面去不得，否則血本無歸呀！」

苗君儒問道：「去年我還送茶葉去過那邊呢？」

那個男人說道：「去年是去年，前一陣子還好好的呢。兄弟聽我一句話，要麼你們把茶葉就在這裏處理了，撈點回去的本錢，要麼繞一個大彎，從別處過去。總之呀，不能再往前走了！」

苗君儒問：「為什麼？」

那個男人說道：「難道你不知道前一陣子回民暴亂的事嗎？回民這麼一亂，可把我們這些做生意的給害慘了。

「我們幾個人每年都運瓷器走這條路去那邊，誰知道就在前面不遠的地方，軍隊設了關卡，不允許販賣私鹽過去，一經查到，貨物沒收，人就地槍決，有錢的花錢買條命，沒有錢的就把命搭在這裏，我都看到好幾個人死在這裏了。

「其他的貨物倒是讓過去，可是每條牲口要交二十塊大洋的過卡費，我們幾個十二條牲口，要交兩百四十大洋，我們做瓷器生意的，雖說利潤還可以，可是路上吃住的費用太高，加上還要顛碎掉那麼多，也就賺幾個辛苦錢，哪裏來那麼多錢交給他們呀？

「當兵的不講理，怎麼求他們都沒有用，過不了卡，只得轉回來，哪知道碰上一夥如狼似虎的騎兵衝過來，把我們的騾子也驚了，瓷器全打碎在地上，好的還不到一筐，我們幾個正商量著要飯回去，這年頭呀，簡直不讓人活了！」

苗君儒望了蕭剛一眼，他們那幾匹馬上馱的茶葉並不多，是用來做幌子的。

旁邊一張桌子上的人聽到了，一個身體魁梧的男人站起來，說道：「還做生意，做個屁生意呀，要麼去當兵吃皇糧拿餉銀，要麼上山當土匪，沒有人管，想幹啥就幹啥！」

那個男人說道：「我說兄弟，話雖然這麼說，若是獨身一個人，倒還罷了，可是我們上有老下有小，全都指望著我們過活呢！」

夥計把菜上桌了，苗君儒他們四個人都不說話，各懷心事地吃著東西。大堂內的其他人還在低聲談論著，一個個臉上都露出憂慮之色。

過了一會兒，苗君儒看到右邊第四張桌子上坐著的那幾個人，起身離去，從始至終，他們都沒有說過一句話。

吃過飯後，四個人回房，苗君儒和蕭剛前腳進屋，夥計就跟了進來，神神秘秘地說道：「剛才幾位老闆在大堂說的話，我都聽到了，如果幾位不想花那一條牲口二十塊大洋的過卡費，我可以幫你們想辦法。」

蕭剛「哦」了一聲，「你們有關係？」

夥計說道：「原來駐紮在這裏的軍隊，我們還挺熟，可是前不久換了，你們要想去那邊的話，我可以找人給你們帶路，只要五十塊大洋就可以了！」

蕭剛說道：「你的意思是從別的地方過去？」

夥計點頭：「以前有好幾條路，但都被軍隊知道了，就算你們能夠繞過去，可是他們馬快，一旦被他們抓到的話，安個通匪的罪名當場就給槍斃了！我介紹給你的這個帶路人帶的路，絕對沒有問題，包把你們送出去！」

蕭剛說道：「萬一被軍隊的騎兵追上，把我們幾個槍斃了，可就什麼都晚了！」

夥計說道：「我已經送出去好幾批人了！」

蕭剛搖頭說道：「我覺得還是不妥，除非你跟著我們一起走！」

夥計說道：「你這不是難為我嗎？店子裏那麼多客人，我怎麼走得開？」

蕭剛從衣袋中拿出幾塊大洋，放在桌子上，返身在桌邊坐了下來：「我想問你幾個問題！」

夥計望著桌子上的大洋，眼中露出貪婪之色，說道：「你問吧，只要我知道的！」

蕭剛問道：「這一帶一共有幾股土匪？」

夥計向前走了兩步，小聲說道：「恐怕得有好幾十股，人數多的有上千人，人數少的只幾個人！專揀人數少的客商下手，殺人劫貨！」

上千人的土匪，其勢力已不一般，完全可以和正規部隊抗衡。

蕭剛問道：「回民暴亂是什麼時候的事？」

夥計小聲說道：「就在一個多月前，也不知道是什麼原因，突然來了那麼多官兵，說是回民暴亂，好像在拉瑪依山口那邊打了幾仗，雙方都死了人！」

這回民暴亂自古就經常發生，清朝的時候尤其厲害，康熙還親自遠征過葛爾丹呢。民國成立後，民族統戰工作做得不錯，已經有好些年沒有聽說回民暴亂的事了，怎麼這會兒又暴亂了？一個多月前，正是他們離開三峽的時間，怎麼那樣湊巧呢？

蕭剛接著問：「這幾天有沒有見到南邊來的客人，從這裏往那邊去？」

他把劉白和神貓李的樣子描述了一遍，夥計聽了之後，搖了搖頭：「我們這裏南來北往的客人很多，如果是住在我們這裏的，我還有些印象，若是住在別家，我就不知道了！」

苗君儒想了一下，劉白他們如果是騎馬的，那麼行程的時間應該和自己差不多，若是他們聯合了盛振甲和楊不修，利用軍隊的關係坐卡車前來，行程可就大大縮短了，說不定他們已經過去了。

要想知道他們是否過去，去問守卡的士兵就知道了。

他問道：「以前在交河故城那邊活動的土匪還在嗎？」

夥計似乎愣了一下，說道：「過了卡之後，我建議你們還是繞過那邊吧！」

苗君儒問：「為什麼？」

夥計說道：「我也是為你們著想，那邊去不得！」

苗君儒問：「為什麼去不得？」

夥計說道：「交河故城那裏那幫土匪厲害得很，你們是漢人，恐怕過不去！」

蕭剛「哦」了一聲，沒有說話。

苗君儒說道：「你去吧！」

那個夥計從桌子上拿起一塊大洋，利索地放在嘴邊吹了一下，微笑著把其他的幾塊收了起來，點頭道：「兩位老闆有什麼事情，儘管吩咐我！」

夥計出門的時候，順手把門給關上了。

「花了幾塊大洋，沒問出什麼有價值的東西來，」蕭剛笑道：「今晚先住下，我明天去打聽一下！」

兩個人正要睡下，突然聽到傳來嘈雜的聲音，不一會兒，那個夥計上來了，說道：「老闆，你們去和那些官兵老爺解釋一下吧，他們要牽走你們的馬！」

苗君儒和蕭剛來到樓下，見下面站了十幾個背著槍的士兵，有一個副官模樣的人帶著，那副官正和掌櫃的說著話，旁邊還站了幾個客商。

那副官大聲道：「都別吵，這是上級的命令，我也沒有辦法，所有馬匹一律充公留作軍用，有誰不服的直接跟上面說去！」

梅國龍也跟下來了，蕭剛小聲問道：「田掌櫃呢？」

梅國龍說道：「他睡下了！」

蕭剛上前把那副官拉到一旁，低聲說道：「我認識你們馬旅長，這點小事就不想麻煩他了，還望你能夠行個方便。」

他把十幾塊大洋塞到副官的手裏。

副官看了他一眼，把大洋放兜裏，回身叫道：「除了這位老闆的以外，其他的馬全都拉走，否則以通匪論處！」

那些客商哭喪著，眼睜睜地看著士兵把他們的馬牽走！

苗君儒忍不住低聲罵道：「一群土匪！」

蕭剛說道：「自古兵匪一家，這樣的事情實在太多了，若是真的能夠實現先生的民族與共和，這樣的事情就不會出現！」

那些客商埋怨著各自散去，沒有了馬匹，那些貨物只能留在這裏低價處理，連回去的路費都撈不著。

他們還沒有上樓，就聽到外面大街上傳來槍聲，緊接著紛雜的馬蹄聲急促而過。

上樓後，在經過田掌櫃和梅國龍的房間時，苗君儒朝裏面看了一眼，見田掌櫃躺在床上，已經打起了呼嚕。

梅國龍笑道：「他也真能夠睡得著！」

蕭剛彎腰，從門邊撿起了一樣東西，放到了口袋裏。

苗君儒正要問撿到了什麼，見蕭剛做了一個噤聲的手勢，說道：「你們先睡吧，我下去看一下馬！」

苗君儒見他的神色有些神神秘秘，心知他一定發現了什麼，也不再問，和梅國龍各自回房。

回到房間躺在床上，睏意立刻襲來，很快便睡了過去，蕭剛是什麼時候回房的，他並不知道。

第二天一早，四個人下樓吃東西的時候，聽到大堂的人在那裏議論，一打聽，才知道昨天晚上在哈密發現了土匪的蹤跡，官兵們折騰了大半夜，損失了好幾個人，連土匪的影子都沒有見著。

吃完飯後幾個人回房，蕭剛吩咐大家打點行李，說今天就過卡。

昨天晚上還說今天要去打聽一點事，怎麼這麼快就改變了主意要動身？

莫非昨天晚上有什麼發現？

田掌櫃問：「怎麼這麼快就走？」

蕭剛說道：「在這裏等下去也不是辦法，我們先走，去那邊看看情況！」

田掌櫃說道：「我們有六匹馬，過卡費要一百二十塊大洋，我們還有那麼多錢嗎？要想想別的辦法！」

蕭剛說道：「劉白跟閻長官有關係，難道你也有嗎？」

田掌櫃笑道：「你這不是在挖苦我嗎？他有本事帶一團的人從神女峰那裏進洞去，我可沒有。」

蕭剛說道：「你也不要太謙虛，你做古董生意那麼久，經常到北平去，沒少和西北軍的官員打交道吧？」

田掌櫃笑道：「說得也是，可是這個馬旅長，我以前見都沒有見過。」

蕭剛說道：「馬旅長你沒有見過，可是他的上級李軍長，你應該認識吧？」

田掌櫃的臉色微微一漾：「看來你知道得還不少！」

蕭剛說道：「是呀，比你想像的要多！現在那兩張圖恐怕已經不在你身上了吧？」

田掌櫃笑道：「不錯，昨天晚上你們下樓去的時候，有人來找過我！」

蕭剛說道：「我應該早就想到，你們滿人和蒙古人的關係一向不錯，昨天晚上吃飯時坐在我們不遠處的那幾個人，是蒙古人。這事連蒙古人也插手了，看來這地方真的有一場好戲要上演了！田掌櫃，我們終究不是一路人，從今往後，你走你的陽關道，我們過我們的獨木橋，看誰有本事把那塊黃帝玉璧拿到手！」

田掌櫃冷笑道：「你的話都已經說到這份上了，我也就不多說，憑你們三個人，怎麼跟我們搶？且不說劉白他們那些人，就我放在那邊的幾百個人，一人一口唾沫都可以把你們淹死！」

蕭剛笑了一下，說道：「那就等到時候看你的人怎麼把我們淹死吧！」

田掌櫃一邊笑著，一邊走了出去，大步下樓。

梅國龍問：「就這麼讓他走了？」

蕭剛的臉色突然變得嚴峻起來，從衣內拿出一樣東西，低聲道：「我還真小看這條老狐狸了，要不是昨天晚上看到這東西，真想不到他還留了這麼一手！」

苗君儒看清蕭剛手裏的東西，是一個非常精緻的鼻煙盒，裏面是乾隆年間的五彩陶瓷，外面鑲著一層銀邊，他認出這東西是清朝時候上層社會盛行的鼻煙盒，只有達官顯貴才有，很長時間裏，是一種身分的象徵。習慣吸鼻煙的是滿人和蒙古人，漢人也有，但極少。一般的蒙古族男子腰帶多掛刀子、火鐮、鼻煙盒等飾物，但是這麼精緻的鼻煙盒，絕非普通人擁有。世襲的蒙古王公所擁有的鼻煙盒，比這個要高檔。這個鼻煙壺最初的主人，應該是蒙古王公身邊最得力的人，或者是蒙古王公的官員。

梅國龍問：「我們怎麼辦？」

「走！」蕭剛說道：「用你那科長的證件，我們蒙過去！」

第六章

荒漠幽魂

他們正要策馬往槍響的地方奔去，
卻聽到前面傳來急促的馬蹄聲，沒幾分鐘，
就看到黑暗中衝過來幾匹馬，近了一些，
他們看清領頭的那匹馬上坐著的人，竟然就是劉白。
劉白也看到了他們，發出撕心裂肺的哭叫：
「全都是鬼，都是鬼呀！我們的人都死光了！」

他們把三匹馬和茶葉留給那個做瓷器生意的客商，讓那客商換點錢回家。一人騎了一匹馬，帶足了乾糧和水，朝鎮外而去。

出鎮沒多遠，就見大路中間設了一個關卡，旁邊有幾座臨時搭建的房子，背著槍的士兵正盤查著來往的人，幾隊騎兵來回地疾馳著。

來到關卡前，早有士兵攔住去路，大聲問：「做什麼的，路條呢？」

梅國龍呵斥道：「瞎眼了，也不看我們是什麼人，叫你們長官來說話！」

一個連長聞聲從房子裏出來，「什麼人這麼猖狂？」

梅國龍拿著一張證件在那連長面前一晃：「我們是北平警察局的，有事去烏魯木齊！」

那連長拿過證件看了看，還給了梅國龍，低聲罵道：「真他媽的邪門，什麼人都來這裏湊熱鬧！」

蕭剛問：「前幾天是不是有第二十軍的人過去？」

那連長驚愕道：「是呀，你怎麼知道？」

蕭剛問：「他們過去多少個人？」

那連長說道：「好像有一個營，好幾百人，也不知道去做什麼的，我對他們說前面不太平，他們也不管，若是遇上其他的土匪還好辦，就怕遇上月亮達達。」

梅國龍問：「月亮達達是什麼意思？」

那連長說道：「不清楚，反正當地人是這麼叫的，是那邊勢力最大的一股土匪，有一兩千人，聽說頭領是殺人不眨眼的女魔頭，不吃飯專喝人血；他們的武器裝備並不比我們差，以前有軍隊過去剿過幾次，都吃了大虧，那些人都是本地人，地形熟，而且很兇悍，去剿他們的時候，找來找去都找不到他們，一旦被他們冷不防來一下，可就吃虧了，前陣子我們和他們幹了一兩仗，都沒討到好！上頭也知道這情況，只叫我們守在這裏，過了前面，就是雙方的地界，隨時都可以遇上他們的人。就你們三個人，不要說大股的土匪，就是小股的土匪，你們也對付不了！要不你們回去跟我們長官商量一下，派人送你們過去！」

蕭剛說道：「算了，沒有你們護送的話，也許我們更安全！」

說完後，他已經策馬跑了出去。

三個人縱馬跑了一陣，見前面都是一馬平川連綿數百里的荒漠，隱隱可見荒漠的盡頭那青色的山巒。

從這裏往正西方向走幾百里，就是羅布泊，羅布泊古稱鹽澤，又叫羅布淖爾。在蒙古語中有「多水彙集的湖泊」之意。這一帶在古代曾是一片水草豐茂，牛羊成群的富饒之地，居住著蒙、回、哈薩克等十幾個遊牧民族。而此時，他們馬蹄下的這片土地，歷經歲月的滄桑，變成了一片廣袤、單調、貧瘠、神奇的荒原，到處是無人的鹽灘和荒沙地。

他們並沒有往南走，而是朝著西北方向行去，只要路途順利的話，走上兩三天，就可以經過阿拉依山口，從那裏過星星峽，離吐魯番就不太遠了，也就一天的路程。

這茫茫的荒漠上，根本沒有真正的路，他們只是照著前面人留下來的印跡往前走，只要方向不錯，就不會有太大的問題。沿途有許多乾死的紅柳和胡楊，枝幹彎曲著直指藍天，如同那些處於水深火熱之中的黎民百姓，孤立而無助。

三個人急行慢趕了一整天，夜晚的時候，在一個叫七克檯子的地方住了一宿。七克檯子並不大，全村也就十幾戶人，村東和村西頭各有一口井，從哈密來的人，無不在這裏歇腳，讓累了一天的牲口美美地灌上一肚子水。

第二天一早，他們便起來趕路。八月的塞外，正值乾旱高溫的季節，太陽明晃晃地照射著這片黃色的沙土地，幾乎沒有什麼風，地表的溫度高達攝氏四十度，他們三個人還沒有走多久，身上的衣服就結了一層白白的鹽漬。

身後有急促的馬蹄聲響起，苗君儒往後面一看，見幾匹馬朝他們跟了上來，速度還挺快，馬上的人穿的是維吾爾族人的服飾，並不是官兵。

那幾匹馬經過他們身邊的時候，他看清馬上的幾個人，正是昨天在客棧中上樓的時候，遇到的那幾個人。

如同在客棧中一樣，那四個男人兩前兩後，護著那女的。幾匹馬飛快往前面去了，轉眼間只剩下幾個影子。

苗君儒拿起放在馬匹後面的水袋，喝了一口水，看到遠處的天邊捲起一道黃色的煙塵，忙道：「要起沙暴了！」

蕭剛朝四周看了一下，看到右前方有一片胡楊林，要是躲到胡楊林裏躲避風沙，就好得多了，他揮了一下手，策馬朝那邊奔過去。

苗君儒跑在最後，邊跑邊看那邊沙暴的情況，就在他們接近胡楊林的時候，他看到遠處的地平線上出現一溜人影，那些人騎著馬，跑得很快，帶起一溜黃色的煙塵，遠看上去，就像起了一層沙暴。

跑在最前面的蕭剛大叫起來，人和馬突然陷了下去。

不好，是流沙層。蕭剛的半個身子已經被埋住，正緩緩往下沉。

苗君儒忙下馬，解開馬韁丟了過去。蕭剛抓住了馬韁，一點點地被扯了出來，就在苗君儒有些慶幸的時候，看到蕭剛身後的沙土突然向上凸了起來，一個巨大的怪物從沙土裏鑽出。

那怪物通體漆黑，樣子像一隻大甲蟲，個頭比一頭牛還要大得多，長著兩隻巨大的長螯角。苗君儒忽然想起他在書中見過的這種生活在荒漠裏的怪物，叫凶儺蟲，凶儺蟲大小如牛、外形象甲蟲、披有堅硬無比的外殼、長有八支巨足和一對巨螯。凶儺蟲的個體雖然龐大，但是擅於在沙土中挖洞前進，喜歡藏身在流沙中，靠吃不慎掉入流沙的人和動物為生。

這種怪物在捕食的時候，顯得異常的兇猛，獵物一旦被牠盯上，絕少有逃生的可能，就連荒漠中最兇悍的野牛，也無法倖免。

「快，快！」苗君儒和梅國龍拚命地扯著，在他們的身後飛馳過來幾匹馬，馬上坐著幾個彪悍的男人。

凶儺蟲那一對張開的巨螯，朝蕭剛攔腰夾去，一旦被牠夾到的話，極有可能將人當場夾為兩段。他們身後的兩匹馬受驚，長嘶一聲跑開。

蕭剛突然放開韁繩，上身在沙土上一滾，避開那對巨螯的夾擊後，翻身抓住凶儺蟲那一對巨螯。

苗君儒被蕭剛的這種作法嚇壞了，這麼做的話，不等於把自己往蟲口中送嗎？但他很快明白過來，如果蕭剛堅持抓著韁繩的話，由於身體的下半截還在沙中，等於被拉成了一條直線，那樣一來，就無法躲開凶儺蟲的攻擊。

凶儺蟲見一夾不中，獵物反倒抓著牠的巨螯，情急之下，用力往上一抬。就這樣，把蕭剛從沙土中拖了出來。

苗君儒見蕭剛的身體彎成了一種不可思議的角度，接著人影一晃，人和蟲頓時分開。蕭剛在空中翻了幾個漂亮的跟斗，穩穩地落在他的旁邊。

那匹馬已經陷進沙土中不見了。

到口的獵物突然不見了，凶儺蟲凶性大發，向前邁了幾大步，逼到苗君儒他們的面前。三個人返身就跑，也不管身後的那隻凶儺蟲能不能追上他們，剛跑幾步，就聽到旁邊槍聲大作。

那幾個騎在馬上的男人，操著槍朝那隻凶儺蟲猛射，子彈射入蟲甲中，發出「撲撲」的聲音，從彈孔中流出一些黑色的液體。

凶儺蟲的蟲口發出一陣「嘶嘶」的怪叫，身體向後退去，很快埋入沙中。

苗君儒他們三個人跑出了很長一段路，才停住腳步，他見那幾個人已經停止了射擊，為首的一個男人催馬向他們走了過來。待那男人走近後，他用維吾爾語說了一聲「謝謝！」

他認出這個人，就是剛剛經過他們身邊沒多久的那幾個人中的一個。

那個男人也不答話，認真地望了他們一眼，騎著馬圍著他們兜了兩個圈後，突然發出爽朗的大笑。

另一邊，有個矮小一點的男人，已經把他們跑出去的馬牽回來了。在這荒漠中，若是沒有馬的話，單靠兩條腿走路，是很難到達目的地的，更何況他們的水和乾糧，都在馬背上。

一個正常的人在這荒漠中行走，若是六個小時不喝水的話，便會脫水而死。那些人幫忙把馬給牽回來，等於再一次救了他們。短短的時間內，他們三個人就受了一幫陌生人的兩次大恩惠。

苗君儒問：「為什麼要幫我們？」

遠處傳來槍聲，為首那男人臉色一變，說了一聲，「你們跟著我們來！」接著打了一聲呼哨，帶著那幾個人飛奔而去。

苗君儒呆呆地望著那些人的背影，這幾個人來得奇怪，去得也突然，就像一陣風，在不經意的時候從你的身邊吹過，不留下半點痕跡。

梅國龍叫道：「馬！」

苗君儒發覺他們身邊此時竟有了三匹馬。原先蕭剛騎的那匹馬，已經被流沙吞噬，他們只剩下兩匹馬，很明顯，另外的一匹是那幾個人留給他們的。

那些人為什麼要一再幫他們，還要他們跟著走呢？

梅國龍問：「他們到底是什麼人？」

蕭剛從牙縫中擠出兩個字：「土匪！」

苗君儒也知道那些人是土匪，普通人絕不可能有槍，而且動作那麼訓練有素。令他感到奇怪的是，他們三個人和那些人素不相識，那些人為什麼要幫他們呢？

他們三個人上馬後，望著那片胡楊林，心有餘悸。剛才若不是那幾個人出手相救，他們三個人早就成了那隻凶獼蟲的口中食了。

這個時候，他們才發現胡楊林四周的沙地上，有許多動物的骨頭，那些骨頭白生生地半埋在沙土中，中間夾雜著不少人類的骸骨。

這是一塊死絕地，多少年來，不知道有多少人衝著這片胡楊林而來，卻不料成了凶獼蟲的美食。

資料上記載的凶獼蟲，最大不過一頭牛大小，而他們剛才見到的這隻，卻比一條牛要大出許多，這麼多年，也不知道吃了多少人和牲口。

三個人騎著馬繼續朝前走。黃昏的時候，他們經過一處沙崗，梅國龍眼尖，看到沙崗的底部滾落著好幾具屍體，忙指給苗君儒和蕭剛看。

那幾具屍體都是穿著軍裝的士兵，有兩個的身上還背著槍。他們走了這麼久，並未聽到這邊有槍聲，這幾個人是怎麼死的呢？蕭剛想下馬去看看，被苗君儒叫住。

這荒漠中到處都是喪命的陷阱，稍不留神就沒命，在胡楊林那邊的遭遇就是例子。

蕭剛沒有下馬，只朝溝底看了看，那幾具屍體的身上沒有血跡，也看不到傷痕，死者臉上的表情顯得有些怪異。

他們往前走了一段路，不斷看到倒在路邊的屍體，都是士兵。苗君儒下了馬，來到一具屍體面前，和前面見過的一樣，死者的身上沒有傷痕，也不像脫水而死，臉部的表情顯得非常怪異，肌肉扭曲僵硬，眼睛大睜著。他撿起死者旁邊的一支槍，見保險都沒有打開。

梅國龍說道：「他們是被嚇死的！」

苗君儒搖頭：「他們是軍人，膽子比一般的人要大得多，那麼多人在一起，如果碰上了什麼恐怖的東西，肯定會先開槍！」

蕭剛同意苗君儒的想法，他望著那些屍體皺起了眉頭，這些士兵究竟是怎麼死的呢？死得那麼奇怪。

他撿了兩支槍放在馬後，上馬說道：「我們走，如果不停留的話，說不定還能夠趕上他們！」

他們越往前走，發現的屍體越來越多，死狀完全相同。粗略算一下，他們見過的屍體，已經不下一百具。照這麼死下去的話，用不著找到玄幽古城，劉白他們帶來那一個營的人，便會全部死光。

從地上的痕跡上看，大多數人都是走路的，只有少數人騎馬。

蕭剛望著沙地上紛雜的腳印，說道：「其實當兵的也很可憐的，這麼熱的天氣，靠兩條腿走路，沒有幾個人能夠受得了！」

梅國龍問：「他們應該有車子才對！」

蕭剛說道：「我昨天晚上在當地駐軍的營地裏，看見了幾輛車子，每輛車的油箱都被人鑽了一個大洞，沒有油，車子怎麼開？」

苗君儒說道：「難怪你急著要走，原來你發現他們已經過了哈密。是什麼人把他們的油箱鑽了個洞呢？」

蕭剛搖頭道：「剛開始我也不知道是什麼人下的手，當田掌櫃告訴我說他在這邊早就安排了幾百個人之後，我想應該是他們幹的！」

夜幕漸漸降臨了，他們隱隱看到前面有火光，有火光就有人，他們拍馬朝那邊趕過去，可是走了很久，那火光還在前面，這倒奇怪了，莫非那火光也在走不成？

這樣追下去也不是辦法，就算人不累死，馬也吃不消，必須找個背風的地方歇息。否則夜裏颳風的話，可就吃不消了。

遠處傳來的幾聲槍響劃破了原本寧靜的夜空，三個人勒馬而立，一齊向發出槍聲的方向望去，夜色茫茫，他們根本看不見前面發生了什麼事。

他們正要策馬往槍響的地方奔去，卻聽到前面傳來急促的馬蹄聲，沒幾分鐘，就看到黑暗中衝過來幾匹馬，近了一些，他們看清領頭的那匹馬上坐著的人，竟然就是劉白。

劉白也看到了他們，發出撕心裂肺的哭叫：「全都是鬼，都是鬼呀！我們的人都死光了！」

苗君儒見緊跟著劉白的那幾個人，都是穿著軍裝的，並沒有見到神貓李和楊不修，連盛振甲也沒有見到。

一個營的人都死光了，莫非他們也死了？前面到底發生了什麼事情？

他正要問，見劉白他們那些人早已經跑出了很遠。

蕭剛一扯馬韁，說道：「我們過去看看！」

他們往前趕了一陣，見路邊的屍體越來越多，幾乎是一具緊挨著一具，死狀完全相同。

前面的槍聲漸漸稀疏起來，沙地上起了一層薄霧，幾米內就看不清人影了。

蕭剛叫道：「一個跟著一個，不要跟丟了！」

苗君儒騎馬走在最後，他的前面是梅國龍。霧氣越來越大，他根本看不到梅國龍，只循著前面的馬蹄聲跟著走。

他們跟著屍體往前走了一陣，槍聲完全停息了，四周如死了一般的沉寂，只有那單調的馬蹄聲在耳邊迴響著，好像進入了一個山谷。霧氣突然消失了，黑暗中出現被稱為「鬼火」的磷火，還有一些黑影在空中晃動。那些磷火在空中上下浮動，如同隱藏在夜幕中的惡鬼眼睛，加之身邊的這麼多屍首，一時間他們三個人竟覺得有些毛骨悚然。

月亮已經升起來，如銀般的月光照見他們身邊的景物，地上滿是屍體，他們胯下的馬幾乎是踏著屍身前進。左右兩邊是黑乎乎高高的東西，果真是進了山谷。從行程上判斷，他們應該還是處在廣闊的荒漠裏，不可能進入山谷。

蕭剛低聲道：「小心點！」

他已經把槍舉了起來，手指勾在扳機上，放緩馬步，慢慢前行。

走不了多遠，從黑暗中衝出一個黑影來，那黑影衝到他們的馬前，撲騰著倒下。

蕭剛跨下的馬受驚，長嘶一聲要跑，被他死死地勒住。他看清那個倒在他馬前的黑影，是一個軍官。

前面傳來一個蒼老的聲音：「還有人活著嗎？」

苗君儒耳尖，聽出是神貓李的聲音，忙問道：「李長老，到底是怎麼回事？」

神貓李說道：「你是苗教授吧，快點回去，千萬不要……再往前了，我們……我們上當了……」

苗君儒問：「你們上了誰的當？」

神貓李說道：「不知道！」

連上了什麼人的當都不知道，這冤可就吃大了。苗君儒縱馬往前走去，行不了多遠，看到那些屍堆上坐著一個人，正是神貓李。楊不修和盛振甲不知道去哪裏了，一路過來，並沒有看到他們兩人的屍體。神貓李的身邊並沒有定海神針，那三件寶物估計已經到了別人的手裏。

神貓李盤腿坐著，雙手合攏放在胸腹間，頭上正冒著白色的氣體。

苗君儒問：「楊不修他們沒有和你們一起來嗎？」

神貓李沒有說話。

他接著問：「定海神針呢，被誰拿走了？」

神貓李搖了搖頭，還是沒有說話。

苗君儒突然覺得呼吸困難起來，眼前一花，看到黑暗中有無數的影子朝他撲了過來，他暗叫不好，正要扭轉馬頭向後走，頭一暈，從馬上摔了下來，落到那些屍體中間。與此同時他身後的蕭剛和梅國龍也從馬上掉了下來。

他掉到地上後，感覺頭腦還清醒，吃力地爬起來，聽到神貓李斷斷續續地說：「這地方……很邪……」

確實很邪門，剛才還是好好的，怎麼會變成這樣呢？頭很暈，胃裏一個勁的噁心，很想吐，可是張口卻吐不出什麼東西來。憑感覺，他肯定自己中毒了。

也許那霧氣有毒，也許這山谷中原本就充滿著有毒的氣體，人在中毒後，容易產生幻覺，覺得那黑暗中移動的影子都是鬼。

如果在這地方久待下去，他們三個人也許就會像那些士兵一樣，變成一具僵硬的屍體。

可是眼下他渾身無力，走路都困難，別說上馬離開了。鼻子裏隱隱聞到一股淡淡的檀香味，那香味來自他的身後，不知道是從哪裏散發出來的。

奇怪的是，三個人都躺在地上動彈不得，他們所騎來的三匹馬卻一點事也沒有。

神貓李正在運功逼毒，那樣子好像很吃力。

苗君儒想起他吃過《洛書神篇》的副卷，看了一點上面的文字，若找那上面的指引，心神合一，像神貓李一樣逼毒的話，應該不會有生命危險，但是蕭剛和梅國龍就不同了。

他忙學著神貓李的樣子，盤腿調氣，幾分鐘後，從臍下三寸的地方升起一股熱流，迅速湧遍全身，頭腦頓時清醒了許多，手腳也可以活動了，正要起身，突然看到面前的磷火閃開一條路，出現一個很大的影子，頭皮頓時一麻。

那黑影一步步向他逼了過來，他伸手從地上抓起一把沙子揚過去，那沙子在空中居然沒有遇到半點阻礙，如同落在水中一般悄無聲息。

但是他注意到，就在他把沙子揚過去之後，那黑影似乎變大了許多，瞬間又變回原來大小。

做了多年的考古研究，他從來就不相信有什麼鬼魅，可自然界的很多奇怪現象，實在無法用科學來解釋。

那黑影又向前逼了過來，伴隨著一種奇怪的聲音，像女人在哭泣，那女人好像很哀怨，很淒慘。

在這種地方，這樣的環境裏，不由人不膽戰心驚。

聽到那聲音，苗君儒想起幾年前他在樓蘭考古的時候，與嚮導經過阿拉依山口，聽嚮導說山口附近有一個奇怪的山谷。當年康熙皇帝親征葛爾丹的時候，在那個山谷裏大戰了一場，雙方死了很多人，流在沙土上乾結後的血有幾寸高。據說大戰進行到一半的時候，葛爾丹派一隊人馬偷襲康熙皇帝，如果偷襲成功，中國的歷史也許將改寫。一個阿拉依的女人在緊要的關頭，替康熙皇帝擋住了一支射向他的毒箭。

阿拉依是葛爾丹進貢給康熙皇帝的，進宮後被封為德妃。德妃在康熙皇帝身邊那麼久，深知康熙皇帝是一個難得的千古明君，她不願看到兩軍交戰導致生靈塗炭，向康熙皇帝請命去葛爾丹的軍帳中，求葛爾丹休兵，但是葛爾丹不聽她的勸告，一味要與大清國開戰。

阿拉依傷心地回到康熙身邊，她看到一個個同族兄弟倒在血泊中，不僅傷心欲絕，日夜哭泣。她替康熙皇帝擋了那一箭後，臨死前求康熙皇帝把她葬在這山谷裏，她要用她的冤魂來警告世人，戰爭將帶給人們多大的苦難。

從那以後，有人經常聽到裏面有女人的哭聲，夜晚進入山谷的人全都死在裏面，來往的人談山谷色變，稱這個山谷為鬼魅山谷。從此再也沒有人經過這個山谷，來往兩邊的人都繞著走，在離山谷不遠的一個山口開闢出另一條道路，那個山口，就是以阿拉依命名的。

後來，準噶爾部族多次反叛大清，軍隊由阿拉依山口經過的時候，都會在這個山谷的口子上祭典，每次祭典完後，一到夜晚，山谷內都會狂風大作，風聲中夾雜著無數人的哭號，聽得最清晰的，是那個女人的哭泣聲。

有人說，德妃娘娘一直陰魂不散。

嚮導還說，聽老一輩人講，由鬼魅山谷穿過去，可直接到達交河故城那邊，比走阿拉依山口要近上百里地。可是這麼多年來，沒有人敢從那裏過去。

苗君儒的背上已經嚇出了一身冷汗，他又抓了一把沙子揚過去，同時大聲叫道：「你到底是人是鬼？」

那黑影並不回答，女人哭泣的聲音還在繼續著，還是那麼淒婉和哀怨，聽得人毛骨悚然。伴隨著那個女人哭聲的，還有無數男人臨死前的慘叫、馬嘶、戰場上刀劍相交的金戈聲。聽著這聲音，讓人覺得回到了古代的戰場上，忍受著刀劍穿胸的痛苦。

民間傳說中，鬼是怕火的，可是眼下怎麼樣才能點著火呢？

他靈機一動，從旁邊的士兵屍體上取下子彈袋，把子彈一粒粒的取出來，放在面前的沙地上，並剝下幾個士兵的衣服。

剝死人的衣服是對死者的大不敬，此時他什麼都顧不得了。

他把衣服堆成一堆，用牙齒咬開子彈頭，將子彈裏面的火藥倒在衣服上。最後一粒咬出子彈頭的子彈，用一塊碎布堵住彈口，裝回槍裏，對著那堆倒滿火藥的衣服開了一槍。一聲槍響，從槍口噴出一股火苗，引燃了衣服上的火藥，一蓬火苗忽地冒了起來。

火光中，那黑影退了回去，在不遠的地方飄盪著，像是一個不達目的不甘休的厲鬼。

女人的哭聲斷斷續續的，最後竟消失了。

苗君儒起身，感覺腿腳還是很軟，他吃力地走到梅國龍身邊，見梅國龍的眼睛睜開著，呼吸還順暢，就是不能動彈和不能說話。蕭剛躺在旁邊，狀況和梅國龍一樣。

在蕭剛的身邊，苗君儒聞到一股更加濃鬱的檀香味，也許正是這股檀香味，救了他們三個人的命。

他問蕭剛：「你沒事吧？」

蕭剛微微點了一下頭，看樣子，他比梅國龍的情況要好一點。

苗君儒說道：「我扶你們上馬，我們離開這裏！」

蕭剛突然道：「注意你的後面！」

苗君儒扭頭，看到那堆火燃燒得差不多了，黑影從側面向他們逼過來。他忙剝下兩個士兵屍體上的衣服，扔到火堆裏。

蕭剛又叫道：「真的有鬼！」

夜色下出現無數個人影，那些人影行動遲緩，如同殭屍一般，繞過那堆火，一步步地向他們逼過來。

苗君儒抬槍朝衝在最前面的一個人影開了一槍，槍聲在山谷間久久迴盪著，那人影的來勢並未停緩。

劉白也許正是被這些鬼嚇壞的。

要想對付那些人影，必須多燒幾堆火。苗君儒吃力地把蕭剛和梅國龍往後拖到一個小土堆旁，讓他們靠著土堆躺著。他則快速剝下幾個士兵屍身上的衣服，堆成三個小火堆，並點燃。

他們的周圍有許多士兵的屍體，靠燒衣服的話，能夠堅持一會兒，但是熬不到天亮。

他想把神貓李也拖到蕭剛他們一起，當他來到神貓李面前時，聽神貓李說道：「我……沒救了……你只要護著……他們就行……把我身上的……《洛書神篇》拿去……說不定……可保你們……一命……」

他從神貓李的衣內拿出了那幾片竹簡，粗略看了一下，竹簡上的那些文字，他需要時間來破解，可是眼下哪裏來的時間？

神貓李吃力地說道：「……還有……舍利子在……大腿……」

他突然大喝一聲，雙耳向外噴出一股鮮血，接著，他撕開自己的褲管，見大腿上有一條長約四寸的刀疤。他的手抓著那塊刀疤，硬生生把刀疤撕裂，從裏面取出一顆放著毫光的舍利子。

「我……信……你……拉古……」說完這幾個字後，他的頭一歪，溘然而逝。

苗君儒從神貓李手中拿過舍利子，連同竹簡放到衣袋裏，聽到蕭剛輕聲叫道：「苗教授，你看這是什麼？」

他來到蕭剛身邊，見蕭剛的手在沙地上摸到一塊平整的東西，他忙把那塊平整東西上的沙土拂去，好像是一塊石碑，石碑上有銘文，可惜字跡模糊不清，他勉強看明白上面的幾個字，其中就有德妃。

這山谷中果真有德妃娘娘的墳墓，當年發生在這裏的慘烈一戰，也是真的。可惜眼下的情況，不容他對這塊石碑做進一步的辨認。

以前那個嚮導對他說過，從七克台到阿拉依山口，一路都很平坦，只要方向對的話，一般是不會走到鬼魅山谷中去的，除非是帶路的嚮導故意帶你們進去。

也就是說，劉白他們那些人是有人故意帶進這個山谷中的。他們的車子在哈密的時候，就被人做了手腳把油偷偷放光了，讓他們步行前進。他們對這地方人生地不熟，肯定找了嚮導。奇怪的是，他們為什麼不要馬步芳的騎兵帶路，而要找當地的嚮導呢？

莫非他們已經懷疑馬步芳那一個旅的兵力放在哈密，也是有目的的？為了不讓馬步芳的人摻和進來，所以才找了當地的嚮導，不料那個嚮導是別人早已經安插好的「引子」，把他們帶進了這個山谷。

安插那個「引子」的人，除了田掌櫃外，還會是別人嗎？

那些步步逼近的人影已經不容苗君儒再思索下去，他往火堆中又丟了幾件衣服，火光旺了一些，暫時阻攔了人影的緊逼，雙方就這樣僵持著。

苗君儒很想知道，若是士兵屍身上的衣服燒光，那些人影逼到他們的面前後，會有什麼樣恐怖的事件發生？

他不敢賭，那可是性命攸關的事情。他的命活不了多久，但是還有梅國龍和蕭剛。

他身邊幾十具士兵屍身上的衣服，都被剝下來燒了，若要火堆持續燃燒下去，他必須走遠一些。

他抬頭望了望夜空，見一輪皎潔的明月掛在半空中，此時正值月上中天，按民間的說法，正是陰氣最盛的時候。

那團黑影浮在空中，像一個指揮官，指揮著那些人影步步向前緊逼。

神貓李的頭上還在冒白氣，看上去似乎要淡了許多。

蕭剛說道：「苗教授，你自己走，不要管我們！」

苗君儒沒有說話，起身去收集士兵屍體上的衣服，他必須讓火堆燃燒下去，能維持多久就維持多久。

不知道什麼原因，那三匹離他們不遠的馬突然長嘶一聲，奮力朝谷外跑去。

動物是有靈性的，肯定是有什麼更厲害的東西要出現。苗君儒警覺起來，見火堆要滅，忙跑過去剝那些屍身上的衣服。在返回來的時候，腳下不小心踢到一樣東西，摔倒在地，裝在口袋中的那幾片《洛書神篇》掉了出來，落在沙地上。

他突然覺得眼前一道亮光，那幾片落在沙地上的竹簡，在月光的照射下，放射出耀眼的白光，那些進入白光範圍內的影子，瞬間消失不見了。

想不到這幾片幾千年前的竹簡，還有這樣的神奇。

火堆的火漸漸暗淡，有那幾片竹簡，倒可以保證三個人不受那些人影的威脅，但是這樣的情景並沒有維持多久。只見那團在空中漂浮的影子漸漸上升，升到一定的高度後，向他們頭頂移了過來，剛好遮住月光。這樣一來，竹簡上發出的光芒頓時減弱，那些人影又圍了上來。

苗君儒忙丟了幾件衣服到火堆裏，拿起一把槍，朝那黑影連開幾槍。他知道對那團黑影沒有任何威脅，這麼做只是泄一下憤。

問題是必須要解決的，可是他想不出用什麼有效的辦法來對付那團黑影。打完槍裏的子彈後，他把槍往地上一丟，正要去撿那幾片竹簡，突然覺得腳下的地面顫動起來。

他大驚，不知道發生了什麼事，忙撿起那幾片竹簡，回到蕭剛的身邊。

他們腳下的地面顫動得更厲害了，山谷兩邊迴盪著巨大的「轟隆隆」聲音，震耳欲聾，不斷有大塊的石頭和沙土往下落，騰起一股股灰塵。

蕭剛說道：「好像是地震！」

確實是地震，這一塊區域正處在地震帶上，苗君儒只是不明白這地震為什麼來得這麼巧。那三匹馬跑出山谷，也許是預感到了地震要發生。

「啊！」的一聲。

苗君儒看到蕭剛和梅國龍躺著的地方出現了一個黑洞，兩個人都不見了，他走過去，正要朝洞內呼喚他們兩個人，冷不防腳下一滑，身體滾入洞內，頭部撞上一個堅硬的東西，頓時暈了過去。

第七章

康熙帝寵愛的妃子之墓

他丟掉槍，雙手抓住棺蓋，用力一掀，
「碰」的一聲，棺蓋落在地上，激起一些灰塵。
棺蓋落地後，他往棺內一看，見裏面躺著一具女性乾屍，
乾屍的身上穿著鮮豔的民族服飾，
若不是她那些陪葬珠寶玉器及手上的祖母綠戒指，
便與一具普通的女性乾屍沒有什麼區別，
看不出她生前高貴的身分。

清晨的第一縷光線射進洞內，照在苗君儒的臉上，他慢慢醒了過來，首先聽到蕭剛焦急的叫喊。

見苗君儒醒了過來，蕭剛的臉上露出驚喜之色：「苗教授，你總算醒了！」

苗君儒想起身，覺得頭還是很脹，用手摸了一下，左側被撞出了一個大包，還好沒有出血，體力也恢復了許多，他說道：「我沒事，你們呢？」

「我也沒事，只是手腳還有點軟！」梅國龍躺在邊上說：「我們掉下來後，蕭隊長見你暈了過去，都急壞了！」

外面的光線漸漸強了起來，苗君儒環顧周圍，見是一座墓室，四周用平整的石塊砌成，面積有好幾十個平方米，上下約三米高。

「這是德妃娘娘的陵墓，」他起身，朝放在墓室正中的那口金絲楠木大棺走去。

蕭剛問：「我們聽到的那個女人的哭泣聲，是不是她？」

苗君儒說道：「也許是她留下的。」

蕭剛說道：「我雖然不相信鬼神，但是昨天晚上確實聽到了女人的哭聲。」

苗君儒說道：「自然界的很多現象，都是與特定的地理有關的，揚州有一個地方，每到陰雨天的晚上，就會傳出很多人的哭號，有人說那是『揚州十日』中被殺的冤魂在叫屈，兩年前美國的科學家福蘭特先生帶了一隊人，在那裏展開了研究，最後確定那裏有一個磁場的存在，當年那些被殺時發出的聲音，被磁場錄了下來，一但有天氣變化，磁場發生改變，被錄進去的聲音就會釋放出來。」

蕭剛點頭說道：「我覺得你的說法有道理，山谷裏也有一個很大的磁場，把當年的聲音錄下來了，一到晚上，聲音就被釋放出來了。」

苗君儒說道：「我想是這樣，只是想不明白那些影子是怎麼回事！」

他來到那口金絲楠木大棺前，手撫著棺蓋，棺長三米多，寬兩米多，高一米多。整個墓室內空蕩蕩的，除了這口棺木外，沒有一件陪葬品。

這倒奇怪了。

據史料記載，康熙對這位葛爾丹進貢的妃子疼愛有加，親征葛爾丹時都帶在身邊，在征途中，這位薄命的妃子患上了傷寒病，因得不到及時的治療而死，為此康熙還殺了兩位隨軍的御醫。

不管這位妃子是得病而死，還是為康熙擋毒箭而死，總之她死了。史料上並沒有這位妃子葬在什麼地方的記載，此前也有人來過這一帶考察，據說進入山谷的人，都沒有能夠回去。她的陵墓成了歷史之謎。

依康熙的性格，不可能對這位妃子如此薄葬，就算是再節省，也應有不少隨葬品才對。墓室這麼大，肯定擺了一些東西，那些東西，也許被盜墓的人盜走了。

苗君儒圍著棺木走了一圈，沒有發現撬過的痕跡。

盜墓的人拿走了墓室內所有的東西，卻沒有動這口棺木，倒是出乎意料。要知道，在墓室中，墓主棺柩中的東西，才是最值錢的，也是每一個盜墓人想方設法要盜到手的。

墓室內並沒有發現人體骸骨，不是說進入這個山谷的人都會死嗎？那些盜走陵墓內陪葬品的盜墓人，是怎麼把東西搬走的呢？

還有就是那個領著劉白他們進入山谷的嚮導，這一路過來，所見的都是士兵的屍體，並沒有別人的，嚮導呢？

梅國龍拄著一支步槍起身，向棺材這邊走過來，說道：「就好像吃了蒙汗藥一樣，渾身上下沒有一點力氣。」

那支步槍正是苗君儒朝那團黑影打光了子彈後，隨手丟在地下的，洞口塌陷的時候，一同落了下來。

苗君儒說道：「把你手裏的槍借我一下！」

蕭剛扶著梅國龍，把槍遞給苗君儒。苗君儒拿過槍，用槍上的刺刀使勁撬棺材蓋。

蕭剛問：「你要幹什麼？」

苗君儒說道：「想看看裏面躺著的人，到底是病死的，還是被毒箭射死的，我的工具早就丟了，用刺刀湊合一下！」

他用刺刀沿著棺材蓋撬了一個圈，終於被他撬開了一條縫。他把刺刀插進去，槍柄往下一按，一陣「吱吱咯咯」的聲音過後，棺蓋被撬開了一邊。

他丟掉槍，雙手抓住棺蓋，用力一掀，「碰」的一聲，棺蓋落在地上，激起一些灰塵。

棺蓋落地後，他往棺內一看，見裏面躺著一具女性乾屍，乾屍的身上穿著鮮豔的民族服飾，若不是她身旁的那些陪葬珠寶玉器及手上的祖母綠戒指，便與一具普通的女性乾屍沒有什麼區別，看不出她生前高貴的身分。

蕭剛站在旁邊問：「她就是你所說的德妃娘娘？」

苗君儒說道：「我想應該是的！」

他拿起放在乾屍身邊的一把寶劍，抽出一看，眼前頓時閃過一抹清湛的寒光，寶劍伴隨著墓主人幾百年，沒有絲毫生銹的跡象。

劍身上隱隱有一條青龍，含口處有兩個隸書的望月二字，相傳康熙有兩把鍾愛的寶劍，名曰望月、清風。康熙死後，清風劍為雍正皇帝所得，但望月卻不知所蹤。

原來康熙皇帝把他最鍾愛的寶劍，留在了寵愛的女人身邊。

這個女人，生前肯定是國色天香，才令康熙皇帝如此寵愛。苗君儒有心查看她的真正死因，但是那樣一來，必須剝開乾屍身上的衣物進行查看。

他輕歎了一聲，打消了這個念頭。縱然擁有傾城之色，死後還不是枯骨一堆？他不想褻瀆這位死去幾百年的美女，心想著也不讓別人來打擾她。

他把寶劍放回乾屍的身邊，在蕭剛的幫助下，重新把棺蓋放了上去，並釘好。接下來就是如何讓這個墓室倒塌了，只要墓室倒塌下來，石塊和沙土蓋住棺木，盜墓者想要找到的話，是極其困難的。

塌陷的洞口離墓室的地面也不過三米，苗君儒騎在蕭剛的肩膀上爬了上去。他看到山谷兩邊滑塌了很多土石下來，一些士兵的屍體被埋住了。

他從士兵的屍體上抽了幾根皮帶，繫在一起變成長繩，將墓室內的蕭剛和梅國龍扯了上來。接著，他又在那些士兵的屍體中穿梭，收集了幾大捆手榴彈。

蕭剛問：「你這是要做什麼？」

「我不想以後還有人來打擾她！」苗君儒說道，把幾大捆手榴彈放在那洞口。

蕭剛笑道：「想不到你還有這種想法，你們這些考古學家，不就是喜歡把一具具的屍骨往外挖的嗎？」

「此一時彼一時，」苗君儒擔心手榴彈的威力還不夠，又從士兵的屍體中找來了不少。

蕭剛笑道：「你和他先走吧，幹這樣的活，我比你要專業得多！」

苗君儒看了蕭剛一眼，摻著梅國龍向前走去。

蕭剛在他們的身後問道：「不是回去嗎？怎麼往前走了？」

「我幾年前就聽人說過，從這山谷穿出去，可以直接到達交河故城，」苗君儒說道。他們經過神貓李坐著的屍堆旁，見屍堆上落了幾塊乾硬的泥土，神貓李端坐在那裏，屍身早已經僵硬。

苗君儒取了一件衣服，披在神貓李的頭上。他有些感慨，這個具有傳奇性的江湖人物，千方百計為別人奪取那塊黃帝玉璧，最終落得這樣的下場。沒有人知道，一個多月後，某地一處別院中住著的幾個人，突然被荷槍實彈的憲兵帶走，從此就再也沒有回來。

他們倆往前走了一長段路，蕭剛跑步追了上來，沒多久，他們身後傳來一聲震天巨響，地面隨之一顫，一股黃色的煙塵沖上了半空，頓時籠罩住了山谷內的大半個天空。

當煙塵漸漸散去後，他們看到那個土堆不見了，那片地面整個塌陷。

三個人繼續往前走，還沒走多遠，聽到前面傳來急促的馬蹄聲，視野中出現幾十匹馬，一半以上的馬上都坐了人，馬上的人一個個身體彪悍。

那些人來到他們面前後，把他們圍住，齊刷刷將槍口對準他們。

苗君儒認出為首那個人旁邊的一個瘦小男人，竟是客棧的那個夥計，他對蕭剛說道：「我們和劉白他們一樣，一到哈密就被人盯上了，我們四個人怎麼看上去都不像行腳商人。那個夥計閱人無數，一眼就看出來了。」

那個夥計說道：「我一眼就看出來你們不是行腳商人，行腳商人哪有像你們那麼大方的，問幾句話就給八塊大洋。」

為首的那個人問：「你們這些漢人到底想做什麼？」

蕭剛答道：「我們是來和你們交朋友的！」

那人哈哈大笑道：「我們可不敢交你們這種漢人朋友，漢人狡猾得很，最不講信譽，說好的事情都要反悔，殺我們的人，搶走我們的東西。」

蕭剛說道：「漢人也分很多種，有好漢人也有壞漢人，有講信譽的，也有不講信譽的，我們三個人是好是壞，現在說了都不算，是不是你們的朋友，以後就知道！」

那人朝旁邊幾個人揮了一下手，「你們幾個把他們帶走，其餘的人跟我到前面去。」

從馬上下來幾個人，將他們的眼睛蒙住後，又往他們的耳朵裏塞上棉花，扶到馬背上，其中一個人警告他們說：「如果你們敢把眼罩摘下來的話，別怪我們不客氣！」

苗君儒在馬背上，那馬開始往前奔，速度還挺快，兩個多小時後，終於停住了。有兩個人把他扯了下來，並喝道：「老實點！」

過了一會兒，有人拉扯著他往上走，往上都是台階，有好幾次他差點摔倒。台階好像很長，走了大約二十多分鐘，而後走了一段七拐八拐的路，來到一個地方後，被勒令站好。

頭上的眼罩被除去，他看清眼前的景物，是一個光線較為陰暗的大房間。在他們的面前站著三個兇神惡煞一般的男人，正中間的一個大鬍子的男人，用陰森的目光掃了他們一眼。

旁邊一個男人問道：「你們到這裏來做什麼？」

蕭剛說道：「我已經對你們的人說過，我們是來和你們交朋友的！」

那個男人說道：「我們不需要你們那樣的朋友，來人，拉出去餵狼。」

餵狼是古代一種很殘忍的處決犯人手段，有活著將人丟到狼堆裏，也有將人殺死後丟進去的。想不到這群土匪會用這種方法對待他們。苗君儒望著那大鬍子，施了一個哈薩克族的禮節，說道：「聰明的主人不會拒絕來自遠方的朋友，你們要是真想殺我們的話，就不會帶我們來這裏了！」

大鬍子用狼一樣的眼睛再一次掃了他們三個人一眼，最後目光定在苗君儒的身上，說道：「你想說什麼？」

苗君儒看了一下屋子裏的擺設，見角落裏堆著一些陶製的罐子，有不少都已經碎了，從式樣和顏色上看，有幾百年歷史了。屋子裏的其他東西，都顯得很陳舊，牆壁是用夯土夯成的，這種夯土是新疆一帶少數民族地區最原始的建築手法。

這裏莫非就是交河故城？

他說道：「我知道你們為什麼要殺死那些士兵，是因為有人告訴你們，那些士兵是來打你們的，所以你們的人把他們帶進了鬼魅山谷。他們是中毒死的，鬼魅山谷裏並沒有毒，在七克台的時候，你們的人把毒下到他們飲用的水裏，所以死的都是人，馬匹卻沒有問題。那些身體抵抗力差的士兵最先死，因而我們三個人跟在他們的後面，最先看到的屍體，都是羸弱的士兵，我說的沒有錯吧？」

大鬍子笑道：「可惜你知道得太晚了。」

苗君儒說道：「你們下毒的手法很巧妙，不同的人下不同份量的毒，所以我們三個和那幫人中的為首幾個人，都沒有性命危險。中毒的人很容易產生幻覺，加上山谷的地形奇特，有一些奇怪的自然現象，很多士兵被活活嚇死。」

大鬍子身旁的幾個人露出了得意的神色。

苗君儒接著說道：「中毒的人就算不死，渾身也沒有力氣，你們可以輕而易舉地把活著的人殺死或者抓走！拿走他們的武器壯大你們的力量，又可以消除他們對你們的威脅，這可是一舉兩得的事。」

大鬍子點頭道：「是的，這個方法不好嗎？」

苗君儒說道：「你們想過沒有，你們這麼做是中了別人的圈套，有人想借刀殺人，消滅你們！」

大鬍子哈哈大笑：「什麼人想消滅我們？我們在這裏幾十年，從清朝到現在，還沒有人敢對我們怎麼樣。」

苗君儒歎了一口氣：「禍事臨頭了，你們還蒙在鼓裏，我問你們，哈密是不是來了一個旅的軍隊？」

大鬍子笑道：「是又怎麼樣？我們和他們交了幾次手，誰都沒有占到便宜。」

苗君儒說到：「一個旅的軍隊確實不能夠把你們怎麼樣，他們和你們交幾次手，只是想探一下你們的虛實，並沒有真正想對付你們，他們在尋找時機。難道你們不知道把羊養肥了再宰殺的道理嗎？現在你們又多了一個營的武器裝備，勢力更強大了，就算他們不管，烏魯木齊那邊，會看著你們這麼壯大下去嗎？他們肯定會聯合起來，前後夾擊你們，到那時，只怕你們無路可走了。」

聽到這裏，大鬍子這才覺得事情確實有些嚴重，忙問：「你的意思是，我們做錯了？」

苗君儒點頭：「所以說你們被人利用了，利用你們的人，把我們要過來的資訊給了你們，並做了很多手腳來配合你們，你想一想，如果你們被消滅了，他們在這一地區的勢力就無人可比了，如果我沒有猜錯的話，他們是蒙古人，對吧？」

說完後，他和蕭剛相視一笑。他們根據田掌櫃說的話，早就推斷出了田掌櫃在這邊動的手腳。

大鬍子的眼中掠過一抹驚異之色：「你們和他們是什麼關係？」

蕭剛笑道：「什麼關係還用說嗎？既是朋友也是敵人，否則他們也不會利用你們了，可以直接向我們下手！」

這時候，從外面進來一個人，在大鬍子的耳邊咕嚕了一陣。大鬍子的臉色一變，說道：「把他們先押起來，等我回來！」

說完後，大鬍子和身邊的兩個人出去了，進來幾個持槍的男人，站在門邊警惕地看守著他們。

蕭剛對苗君儒說道：「想不到苗教授還很會推斷。」

苗君儒笑道：「這不是跟你學的嗎？」

蕭剛說道：「我們來推斷一下，你猜是什麼人來了？」

苗君儒笑道：「除了田掌櫃派來的人，還能是什麼人呢？」

蕭剛說道：「我猜他本人也來，除了他之外，可能還有我們想像不到的人。」

沒過多久，大鬍子進來了，看了他們一眼，說道：「我有一個很不好的消息要告訴你們，有人不想你們離開這裏！」

蕭剛笑道：「我們早就猜到了，請你告訴那個人，現在三件寶物還沒有齊全，東西最終能夠到誰的手裏，還不知道。」

大鬍子似乎覺得有些意外，並沒有說話。

苗君儒問道：「在我們之前，你們是不是還抓了另外的三個人，他們是不是已經被你們餵狼了？」

大鬍子笑了一下：「是三個，是兩個男的，一個女的，怎麼，你們想和他們關在一起？」

蕭剛笑道：「沒問題！」

大鬍子笑道：「三天後把你們一起餵狼。」

苗君儒低聲問梅國龍：「你的身體恢復沒有？」

梅國龍答道：「差不多了！」

蕭剛說道：「我們暫時不要輕舉妄動，到時候見機行事！」

除了門口的幾個人外，大鬍子身邊只有兩個人，苗君儒估算了一下，若他們三個人同時出手的話，有十成的把握可以控制住大鬍子。

過來幾個人，把他們押了出去。沿著一條迴廊走了一陣，下了一排螺旋形的台階，來到一間地窖的門口。

門口站著兩個持槍的男人，見他們下來，忙把門上的鎖打開。

苗君儒身後的一個男人說道：「你們別想離開這裏，就算你們能跑出去，也不可能活著離開！」

他們三個人被推了進去，見蹲在角落裏的三個人站了起來。

「是你們？」苗君儒認出是盛振甲和楊不修，站在盛振甲身邊的那個女人，自然是小蓮了。

盛振甲問：「你們怎麼也被他們抓來了？」

苗君儒說道：「和你們一樣，都落到別人的陷阱裏了，定海神針和寶玉兮盒呢？是不是被大鬍子他們的人搶走了？」

盛振甲說道：「我們在哈密住的那一晚出了很多事，首先是車子的油箱被人鑽了洞，油全漏光了，那兩件寶貝我和楊不修各一件的，哪知道也不見了！」

苗君儒問：「既然這樣，你們為什麼還要往前走呢？」

盛振甲說道：「我看過地圖，知道玄幽古城就在這一帶，只要找到玄幽古城，偷走東西的人絕對會出現的！我懷疑偷走我們東西的人是劉白或神貓李，派人檢查過他們的行李，沒有發現寶物的蹤跡，後來他們跟我們一起走進那個山谷的。要是他們偷走了寶物，大可離我們而去。」

苗君儒問：「你想過沒有，除了他們之外，還會是誰呢？」

「除了他們就只有你們了，」盛振甲說道：「我派人在全鎮搜了一遍，沒有發現你們的行蹤！」

蕭剛笑道：「那個時候我們還沒有到呢！」

盛振甲說道：「馬旅長想派一個連的人跟我們走，說是幫我們帶路，被我拒絕了！」

蕭剛說道：「如果你和他合作，也許就不會被抓到這裏來了！」

盛振甲問道：「怎麼說？」

蕭剛說道：「有些問題只要仔細想一下，就會明白的！」

盛振甲不說話了，皺著眉頭在那裏想。

楊不修向苗君儒說了他們來這裏的經過，原來他們離開七克台後，走了一天，在一處荒坡下露宿，第二天一早，就開始有士兵倒斃在路邊了。他們以為一些士兵是被荒漠中一種毒蟲咬傷後毒發，並沒有在意。進入山谷後，看著士兵們一個個地倒下，這才急了。山谷內起霧的時候，他們看到許多人影朝他們撲過來，一些士兵嚇得胡亂開槍，他們座下的馬受驚，一個勁地往前跑，等他們收住馬韁回過神來時，被一群兇悍的土匪用槍逼住了。

苗君儒問：「那個嚮導到哪裏去了？」

楊不修說道：「本來是在我們身邊的，山谷裏起霧的時候，就沒有看到他了。」

苗君儒微笑道：「原來你們也沒有覺察到！」

楊不修說道：「很多事情等發生了，才知道上當了！」

第八章

絕色女匪首

阿依古麗當著苗君儒的面摘下面紗，
露出一張豔若仙子的面龐來，苗君儒愣了一愣，
想不到阿依古麗居然長得這麼豔麗。
阿依古麗的美是充滿野性的、逼人的，
令人歎為驚豔的那種，渾身散發出無盡的魅力，
加上維吾爾族少女的特徵，讓人見了之後，
禁不住怦然心動。

他們被關在地窖裏，天黑的時候，有人給他們送來了食物和水。盛振甲搶先一步，把那罐水搶到手裏。

待那些人出去後，苗君儒說道：「你想用水打濕土牆，而後挖洞出去？」

盛振甲說道：「只有這樣，我們才能逃離這裏。」

蕭剛說道：「要走的話，我們早就走了，完全不需要用那樣的辦法！」

苗君儒說道：「大家都是衝著那塊黃帝玉璧來的，現在還沒有到你爭我奪的時候，你好歹也是水神幫的長老，就這麼挖洞逃走，不覺得太那個了嗎？」

盛振甲問道：「那你們說怎麼樣才能離開這裏？現在說不定有人帶著寶物找到玄幽古城了！」

苗君儒說道：「既來之則安之，我問你，你身上是不是有兩塊人皮地圖？」

盛振甲的臉色一漾，「有又如何？」

苗君儒說道：「這就好了，他們也只是看過殘缺的地圖，並不知道玄幽古城的位置究竟在哪裏，所以要找的話，得花時間。」

盛振甲看了大家一眼，從貼身的衣內取出了兩張人皮地圖，平鋪在地上。苗君儒認真地看著地圖，他驚異地發現，地圖上所指的地方，就是他們所在的交河故城。他望了蕭剛一眼，說道：「果然不出我的所料！」

楊不修說道：「我們所在的交河古城，就是地圖上的玄幽古城！」

盛振甲驚喜道：「這麼說的話，我們已經到達玄幽古城了！」

苗君儒說道：「這夥土匪在這裏盤踞了幾十年，都沒有發現那個秘密，也許通往幽冥世界的通道，在一個很隱蔽的地方！」

蕭剛說道：「我們就是找到通道也進不去，因為我們手上沒有任何寶物。」

苗君儒笑道：「寶物確實不在我們的手上，如果有寶物的人知道這裏就是玄幽古城，你猜他們會怎麼樣？」

蕭剛說道：「那我們就在這裏等他們！」

楊不修問道：「問題是他們怎麼知道這裏就是玄幽古城，說不定他們還在別的地方找呢！」

蕭剛望著梅國龍說道：「梅科長，該你說話了！」

梅國龍似乎靦腆地笑了一下，說道：「蕭隊長，有你在這裏，還有我說話的地方嗎？你要我怎麼做，我照做就是！」

蕭剛說道：「你知道我為什麼一路上都要你和田掌櫃住一起嗎？」

梅國龍的臉色微微一變，問道：「為什麼？」

蕭剛說道：「一直以來我都把你當好兄弟，是真的，我怎麼都沒有想到，有時候最大的對手，是身邊的人。」

梅國龍退到一旁，驚道：「難道我做錯了什麼？」

「你一點都沒有做錯，實在太完美了，」蕭剛說道：「就是這種完美，使我懷疑上了你，還記得以前我們在總統府當侍衛的時候嗎？那個時候我們兩個人幾乎無話不說。可是我一直都不知道你是梅家的後人。」

苗君儒忍不住說道：「水神幫的人是不輕易向外人透露身分的。」

他雖然之前懷疑過梅國龍，但是自從蕭剛出現後，就徹底消除了自己的顧慮，心想著通過三個人的努力，不讓那塊黃帝玉璧落到野心者的手裏，讓中國老百姓不要受戰亂之苦。

「不錯，你們梅家一直看守著龍脈，」蕭剛說道：「龍脈與龍氣是流動的，他的父親是風水堪輿師，不可能不明白這個道理。」

苗君儒問：「龍脈與龍氣關他什麼事？」

蕭剛說道：「龍脈與龍氣走向哪裏，聚結之地就是龍穴，如果把先祖葬入龍穴，後代子孫就可成為一人之下萬人之上的人。苗教授，還記得你對我說過的那些事嗎？為什麼他一拿出那塊大洋，神貓李就告訴你們那些事情，還畫地圖給他，教他如何進去！我想他父親和神貓李之間，一定還有什麼約定。我一直在想，是誰派他去查那件事，除了他父親外，還能是誰呢？」

聽蕭剛這麼一說，苗君儒也認為有理，當初梅國龍來找他的時候，就覺得這個人有些奇怪，行事有些詭秘。

梅國龍的目光很陰冷，並沒有說話。

蕭剛說道：「你的父親要你來摻和進這件事，肯定是有目的的，我沒有猜錯的話，他現在正在這裏做客！」

苗君儒驚訝地望著蕭剛，他想不到蕭剛會說出這樣的話出來。

梅國龍說道：「找到玄幽古城，便是我們由朋友成為敵人之時，誰都想得到那塊黃帝玉璧！你不要怪我！」

蕭剛說道：「我當然不會怪你，畢竟我們是多年的兄弟，生生死死一起闖過來的，我只是覺得很痛心，你能夠告訴我，你是什麼時候開始背叛革命的？」

梅國龍說道：「在你離開後，侍衛隊的很多兄弟被安上『亂黨』的罪名慘遭殺害，我也……」

蕭剛說道：「你也被抓起來了，為了保住你的性命，你父親答應了別人的要求！」

梅國龍說道：「其實我……」

蕭剛拍了一下梅國龍的肩膀，說道：「不用再說了，我能夠理解你！沒有出賣同志，就已經很不錯了！你知道我為什麼要這個時候才說出這些話嗎？因為我一直都在觀察你，不到最後的關頭，我不想說。其實我隨時都可以殺掉你，但是我下不了手。」

說到後來，蕭剛的眼眶中有淚水在晃動。

梅國龍滿臉愧疚，「對不起！」

苗君儒明白在遠古密道中的時候，劉白為什麼不殺梅國龍了，因為那個時候，劉白已經知道梅國龍的身分，所以殺不得。

蕭剛說道：「你對不起的應該是你自己，你走後，最好不要讓我再見到你，否則我不會手下留情的！」

外面響起了開門聲，大鬍子帶著兩個人進來，指著梅國龍說道：「你跟我出去！」

梅國龍望了蕭剛一眼，跟著大鬍子走了出去。

蕭剛靠著牆壁上，抬頭看著屋頂，表情非常陰鬱。苗君儒也不知道該說什麼才好，默默地站著。剛才梅國龍離開的時候，本可以把那顆金剛舍利子從他那裏拿走，但是梅國龍並沒有那麼做。

盛振甲和楊不修他們三個人胡亂吃了一些東西，各自找地方坐下。

苗君儒透過對面牆上的一個小窗子，眼看著夜色一點點地暗下來。

也不知道過了多長時間，突然傳來一聲淒厲的慘叫，像是人臨死前發出的，幾個人從地上起身，不安地看著外面。

楊不修說道：「可能馬上就輪到我們了！」

苗君儒來到門邊，對外面的看守說道：「快點去稟告你們的大頭領，就說我有一件很重要的事要告訴他！」

過了一會兒，門外響起那個大鬍子的聲音：「是不是想對我說，有軍隊要前後夾攻我們？」

苗君儒說道：「你不是大頭領，我要見你們的大頭領！」

大鬍子呵斥道：「在這裏我就是大頭領！」

苗君儒說道：「你們的大頭領是個女人，我想她應該見過我們的！」

蕭剛問道：「你怎麼肯定他們的頭領就是那個女人？」

苗君儒說道：「香味，我們被他們帶進來的時候，我聞到了那股香味！還記得守著關卡的那個連長說過什麼嗎？」

蕭剛說道：「月亮達達！」

苗君儒說道：「不錯，維吾爾語裏的阿依就是月亮的意思，只有女人的名字中，才帶有那兩個字。」

門開了，衝進來幾個人，把苗君儒綁了起來。大鬍子隨後進來，從他的衣袋中拿出那顆舍利子，說道：「好漂亮的珠子！」

苗君儒被兩個男人左右架住往前走。他並不掙扎，任他們控制著。

他們沿著迴廊轉來轉去，也不知道走了多久，最後來到一個大坑的邊沿。在夜色下，苗君儒看到大坑內黑乎乎的，也不知道有多深，站在坑沿，聞到一股臊人的味道。

幾聲低沉的狼嚎從坑底傳來，這是狼坑！

苗君儒問：「你們想幹什麼？」

大鬍子獰笑道：「用你餵狼！」

說完，他抽出腰刀，向苗君儒當頭劈來。

苗君儒沒想到大鬍子的動作還挺快，忙用雙肘撞開架著他的那兩個人，身體一偏，避過了當頭的第一刀。

大鬍子見一刀落空，忙斜轉刀身向苗君儒的下身劈去。與此同時，他身邊的兩個人也抽出刀，一左一右劈到。

三把刀同時劈來，苗君儒下意識地往後一退，不料腳下一空，身體向下落去。人在半空中，聽到頭頂傳來一聲女人的呵斥：「莫桑，住手！」

苗君儒落在一堆硬梆梆的土堆裏，落地時背部傳來一陣劇痛，「哇」地張口噴出一口血來。他見旁邊有黑黑的東西，用手一摸，都是黏糊糊的，腥味撲鼻，還摸到幾個圓圓的東西，不用看，就知道那是人類的頭顱。

有一些黑色的影子在不遠處來回晃動，並迅速逼了過來，他看清是四隻狼，為首的那隻體格有些龐大，頸下有一圈白毛。他在新疆考古的時候，就聽牧民們說過，遇到野狼並不可怕，可怕的是遇到那些老頭狼。

每一群野狼都有一隻頭狼，頭狼由於年歲大了，體力下降，在狼群中的位子會被年輕的公狼奪了去。老頭狼被驅逐出狼群後，還有幾隻公狼跟隨著牠，由於牠獵食的經驗豐富，而且異樣狡猾和兇狠，人類很不容易對付，稍不注意，便成為牠的口中之食。

草原上很多有經驗的老獵人，也最怕遇到這種老頭狼，尤其是頸下有一圈白毛的老頭狼。據說那些頸下有一圈白毛的老頭狼，身上附有喪身狼口的冤魂，那些冤魂必須要找人替代，才能轉世脫生，否則永世都成為狼身上的冤魂。

老頭狼低嚎著向前一撲，卻撲了個空，兩隻爪子在土壁上留下幾條深深的爪痕。

苗君儒往上一縱，避過老頭狼的撲襲。

這大坑上下約五六米，他吃過《洛書神篇》副卷，具有相當的功力，在船上的時候，輕輕一跳就能夠跳兩三米高。眼下他這一縱，用盡了全部的力氣。

他的手離坑沿還有二三十釐米的時候，就再也沒有辦法上去了。身旁的土壁直上直下，堅硬無比，根本沒有可落腳的地方。

他落回到坑底，一腳踢開一條撲上來的公狼。

黑影一閃，另一隻公狼以迅雷不及掩耳之勢撲到。苗君儒早有防備，往下一蹲，右拳揮起，擊在那隻公狼的腹部。

那隻公狼嚎叫著在地上翻了幾個滾，起身後退到角落裏，發出嗚嗚的悲嘶，估計受傷不輕。

老頭狼並不急於進攻，圍著苗君儒不停地轉來轉去，不時發出幾聲示威性的低嚎，牠是在做進一步的試探，尋找最佳的進攻時機。就剛才那幾下交鋒，牠已經感覺到面前這個人不好對付，得另想辦法。

人與狼就這樣暫時僵持著。

苗君儒抬頭看了一眼上面，估計這一時半刻都沒有辦法上去了。以他的身手，暫時可保安全，但時間一長，就很難說了。

在老頭狼的指揮下，兩隻公狼用爪子在地上刨土。

苗君儒不懂那兩隻公狼刨土用來做什麼，但他肯定是在為下一次進攻做準備。

大坑上面傳來兩個人的爭論，是那個叫莫桑的大鬍子和女頭領。

上面的人爭論什麼，苗君儒聽得不是很明白，他們說的是一種夾雜著本部落語言的話，而且說話的速度很快。

那兩隻公狼刨了一大堆土之後，抬起腿往土上撒了一些尿。狼尿中含有濃度很高的氨酸，對眼睛有很強的刺激。野狼有時候捕獵，就是在一定的區域內撒尿，將獵物逼向絕境，最終輕而易舉地制服獵物。

果然，那兩隻公狼撒尿後，屁股對著苗君儒，兩條後腿使勁往後蹬土，那些土飛揚起來，灑在他的身上，頓時迷住了他的眼睛。

他暗叫不妙，忙再次縱身，堪堪躲過老頭狼的偷襲。

身在空中，他往手中吐了一些唾沫，抹了一下被迷住的眼睛，正要想辦法脫下衣服，用來遮擋那些塵土，卻摸到那幾片放在衣袋內的竹簡，猛地想起王凱魂就是吃這些《洛書神篇》，才功力上升到不可思議的境界。

他摸出其中的兩片竹簡放入口中大嚼起來，竹簡的味道怪怪的，帶有一種奇特的香味，又有些酒的味道。這種歷經幾千年的東西，放入口中沒嚼幾下就爛了，混合和口水流到了胃裏。

奇怪的是，那東西一到胃裏，就如同喝了烈酒一般火燒火燎起來，一股熱流瞬間遊遍全身，頓時感覺輕盈了許多。跌到坑底時摔傷的地方，也不覺得痛了。

他看到土壁上有一處凹進去的地方，那是狼在土壁上刨出來的。用腳在那地方踩了一腳，借力往旁邊撲過去。

他正尋思著怎麼跳出大坑，突然聽到上面傳來幾聲槍響，隨著一聲女人的驚呼，一個人影從上面落了下來。

他撲上前，抱住那黑影，頓覺觸手柔軟無比，一股奇特的香味沁人心脾。他心知懷抱著的是一個女人，是那個他遇到過的女人。

這個女人應該是這群土匪的大頭領，可是現在，她卻和他這個囚犯一樣，被人逼下了狼坑。

兩個人落在坑底，苗君儒放開手中的女人，正要說話，聽到上面莫桑那得意的聲音：「尊敬的阿依古麗，是你逼我這麼做的，千萬不要怪我。自從你父親死後，我們的勢力一天不如一天，若不是我的話，大夥早就被人家吃掉了！」

苗君儒猜得不錯，女頭領的名字中果然有阿依兩個字，現在他知道女頭領的全名是阿依古麗，

古麗在維吾爾語裏是花的意思，阿依是月亮，整個名字的意思就是月亮花。

好美的名字！

阿依古麗對上面叫道：「莫桑，你不要高興得太早，我不會放過你的。」

在她說話的時候，那幾隻狼已經逼了過來。苗君儒此時已經功力大增，對付那幾隻狼應該不成問題，眼下對他們威脅最大的，是頭頂的那些人。

就算有再好的功夫，也無法抵抗槍彈，必須想辦法穩住那些人。

他從地上抓了一把沙土，掂了幾顆沙子飛彈出去，衝在最前面的那隻公狼被沙子射中，低嚎一聲退了幾步。

莫桑笑道：「尊敬的阿依古麗，我要去見客人了，如果您能夠熬到明天早上的話，我一定放了你，也算對得起你父親。」

苗君儒把阿依古麗拉到身後，撒出了一把沙土，將那幾隻狼暫時逼退了幾步。

老頭狼在後面，把嘴插到沙土中，發出「嗚嗚」的聲音，聽到這聲音，那幾隻公狼不顧一切地向前衝上來。

阿依古麗叫道：「你讓開，讓牠們把我吃掉！」

苗君儒低聲道：「難道你不想報仇？等他們離開後，我們想辦法上去！」

他說的是維吾爾語，阿依古麗看了他一眼，說道：「落到狼坑裏的人，從來沒有人能夠活著離開的！」

苗君儒低聲道：「我有辦法離開，你聽我的話就是，這裏的光線很暗，我們只要不發出聲音，上面的人還以為我們已經被狼吃了。」

阿依古麗點了點頭，她以前見到那些被丟到坑裏的人，不到一分鐘就喪命狼口，可眼前這個男人，自掉下來後，已經過去了十幾分鐘，那些狼居然沒傷他分毫，而且她也看到，剛才這個男人用一把沙子，就能夠把狼打退，這可不是普通人能夠做到的。

見那幾隻狼又衝了上來，苗君儒看準衝在最前面的那隻狼，飛起一腳踢在那隻狼的下齶，那狼被踢飛出去，落在地上滾了幾滾，連嚎都沒有嚎出一聲，就不動了。

踢飛那隻狼後，他迅速轉身抱著阿依古麗，借用反彈力向上縱去，躲過左右兩隻公狼的偷襲。

兩人緊貼著，臉對著臉，中間只隔著一層面紗，彼此的呼吸都能夠感覺得到。

苗君儒很想知道這個殺人不眨眼的女魔頭是什麼樣子，以維吾爾的規矩，女人臉上的面紗是不能讓陌生的男人掀開的，否則她會和你拚命。

他覺得阿依古麗那雙淡藍色的眼睛中，有一種異樣的神色，只可惜有面紗遮著臉，看不到她臉上的表情。

他聽到阿依古麗那細如蚊蚋的聲音，「出去後你一定要娶我，否則我就殺了你，把你餵狼！」

他心底一寒，果真是個殺人不眨眼的女魔頭，連說話都那麼霸道。

這一縱離坑頂還距離兩米多，如果不是抱著阿依古麗的話，他完全可以跳出狼坑。望了上面一眼，他心裏有底了，接下來要做的，就是如何與阿依古麗一同離開狼坑。

狼坑的上面還有幾個持槍的人守著，必須在跳上坑沿後，以最快的速度把那幾個人解決掉。

他們落回坑底後，剩下的幾隻狼沒有再往前衝了，圍著他們打轉。

阿依古麗拔出身上的小彎刀，說道：「先把這幾隻狼殺掉！」

苗君儒搖了搖頭：「如果上面的人聽不到狼嚎，會起疑心的！」

阿依古麗問：「那我們怎麼上去？」

苗君儒看著阿依古麗手裏的彎刀，說道：「我有辦法了！」

他抱著阿依古麗，接過她手裏的彎刀，用最大的力氣向上縱去，當來到距離坑沿兩米多的地方時，把彎刀插向土壁，硬生生在上面挖出個凹來。腳踏著那凹處，再一次用力，兩人一同上了坑沿。

坑沿上站著四個男人，見有人從下面上來，頓時大驚失色，有反應快的連忙舉槍，可惜已經遲了。

落在坑沿上後，苗君儒一腳將離他們最近的一個男人踢下狼坑，旁邊一個男人正要開槍，被他的左手一把捏斷了脖子，他並未停歇，右手的刀飛向第三個男人，可惜他不會使飛刀，彎刀砸在那個男人的臉上，頓時砸出個滿臉飛花，哼都沒哼一聲就暈倒在地下。

最後那個男人驚呆了，提著槍呆呆地望著他們。阿依古麗撿起地上的彎刀，反手一刀割斷了他的脖子。

苗君儒問：「為什麼要殺他，也許他……」

阿依古麗打斷了苗君儒的話：「背叛我的人，我不會讓他們活著，就像當年那些背叛我父親的人一樣。」

苗君儒的心一凜，心道：這女人的心也太狠毒了。

阿依古麗說道：「跟我來！」

兩人的身影消失在夜色中。

第九章

交河故城的寶藏傳說

很久以前，就流傳著交河故城的地下埋藏有寶藏的傳說，
阿依古麗從小就知道她的祖上是車師國的護衛，
負責守護著交河故城的秘密，多少年來，都相安無事，
也有一些做發財夢的探寶人，到了這裏被殺死後扔下狼坑。
幾百年前，有幾個漢人來到交河故城後，情況就變了，
不斷有漢人來這裏，到後來，清廷也派兵來了，
從此這地方就沒有太平過。

苗君儒跟著阿依古麗在交河故城的街道中轉來轉去，躲過了那些放哨的匪徒，進到一棟很大的屋子裏。

這裏的房子結構都是古代平房建築形式的，在一定程度上延續了伊斯蘭教的風格。

屋子裏很整潔，好像有人刻意打掃過，他們沿著樓梯上到二樓，進了一間房子。

這是一間女人的房子，房子很大，佈置得很典雅，牆上掛著幾張圖案特別的裝飾毛毯，還有兩盞馬燈，地上鋪著純羊毛地毯，走在上面沒有一點聲音。靠牆那邊是一張大床，床上堆著高檔的羊絨被，床邊還有一張木桌，桌子上有不少女人的用品。整個房間瀰漫著他熟悉的香味。

阿依古麗當著苗君儒的面摘下面紗，露出一張豔若仙子的面龐來，苗君儒愣了一愣，想不到阿依古麗居然長得這麼豔麗。

他心愛的人廖清在北大算是校花級的美女，但那種美與阿依古麗的美截然不同。廖清是一種恬靜的、高雅的、具有中國古典式的美；阿依古麗則是野性的、逼人的，令人歎為驚豔的那種，渾身散發出無盡的魅力，加上維吾爾族少女的特徵，讓人見了之後，禁不住怦然心動。

他望著阿依古麗，竟有些看呆了。

阿依古麗拉開衣櫃，衣櫃裏有不少槍枝，長短都有。她從裏面取出兩把左輪手槍和兩條子彈帶，斜掛在腰間。這麼一打扮，就是活生生的一個女土匪了。

她問苗君儒：「你用什麼武器？」

苗君儒從裏面挑了幾把短槍和幾個彈夾，插在腰間，又拿一把長槍，往裏面上滿子彈，他說道：「我還有幾個朋友，想辦法把他們救出來，多一個人多一份力量！」

這時，外面傳來嘈雜的聲音，人數還不少。

阿依古麗說道：「我們先躲一下，然後再去救你的朋友！」

她推開衣櫃，露出一個一米見方的小洞來，兩人進到洞裏，隨後把衣櫃恢復原位，沒多久，就聽到有人進來的聲音。

一個男人沙啞著叫道：「她沒有回來，我們去別的地方搜，一定要找到她！」

洞不大，剛好容兩個人。苗君儒坐在阿依古麗的對面，低聲問：「他們為什麼要背叛你？」

阿依古麗低聲把事情發生的原因和經過原原本本地說了一遍，苗君儒越聽越心驚。

原來在很久以前，就流傳著交河故城的地下埋藏有寶藏的傳說，阿依古麗從小就知道她的祖上是車師國的護衛，負責守護著交河故城的秘密，多少年來，都相安無事，也有一些做發財夢的探寶人，到了這裏被殺死後扔下狼坑。幾百年前，有幾個漢人來到交河故城後，情況就變了，不斷有漢人來這裏，到後來，清廷也派兵來了，從此這地方就沒有太平過。

為了對付漢人，阿依古麗的爺爺拉起了一彪人馬，就駐守在這裏，幾十年來，勢力越來越強大，她爺爺死後，她的父親當上頭領，一些跟隨過她爺爺的人不服她父親管束，私下勾結蒙古人，想找到寶藏後離開。那時候她還小，眼看著兩幫人在廝殺，鮮血染血了地面。她的母親為了保護她，被對方的人殺死。

後來她的父親在塔吉克族人的幫助下，總算平定了這場內亂，父親在盛怒之下，把那些抓到的人全都餵狼，一個都沒有留下。

四年前，她的父親在出去的時候遭人暗算，由她接管了她父親的位子。和她父親當年一樣，隊伍裏有不少人不服她，好在她有魄力，兩年的時間，把隊伍發展到一兩千人，令當年跟隨她父親的那些人刮目相看。

一個多月前，不知道從哪裏調來許多官兵，數次搜尋她的蹤跡，雙方發生了幾次衝突，都沒有占到便宜。

半個月前，她得到手下人的密報，說莫桑和蒙古人頭領呼德赫的關係很密切，最近經常來往。莫桑是塔吉克族人，在她父親最困難的時候出手相助，後來成為她父親最得力的兄弟，在她接管位子後，莫桑都鼎立支持她，為隊伍的發展立下了汗馬功勞。正因為如此，她向來那麼信賴莫桑，很多事情都交給莫桑去辦，由於她的信賴，莫桑也成為隊伍內除了她之外的第二號人物。

她不相信莫桑會背叛她，十天前偷偷帶著幾個隨身的護衛，去哈密尋找證據，得知有一隊官兵正朝交河故城而去，於是她派人命令莫桑想辦法先弄清那些官兵的目的，等她回去後再做處理。

但是在莫桑的安排下，那些官兵在七克台被人下了毒，那是一種慢性毒，中毒的人在十個小時後開始毒發，並產生幻覺。

也不知道為什麼，那些官兵被人領進了鬼魅山谷。鬼魅山谷是到達交河故城最近的路，但是山谷的地形奇特，晚上會出現一群群的人影，還有女人的哭聲，膽子小一點人根本不敢進去。那裏還生活著一種奇怪的飛蟲，一旦有人通過，會群起攻擊，通過人的耳朵或者鼻子，鑽到裏面吃腦髓。他們白天通過的時候，都是用布包著頭臉，騎馬快速而過。

其實鬼魅山谷的可怕之處被人為誇大了，這樣也好，沒有人敢從那裏去交河故城。

苗君儒明白過來，他看到的那團黑影，一定那群飛蟲。中毒的士兵，很多都是死於那些蟲子，還有一些就是看到那些人影，聽到女人的哭聲後被嚇死的。

當她得到那些官兵走進鬼魅山谷，並不斷有人死去的消息後，情知大事不妙。如果那些人死在山谷裏，會引來巨大的震動，屆時會有更多的官兵聯合清剿他們，他們將走投無路，被逼著離開交河故城逃往他處。

在哈密，她發現了幾個呼德赫的手下，同時也發現了莫桑手下最得力的一個手下的蹤影。

離開哈密之後，她率領手下趕上了那幾個蒙古人，一場槍戰下來，她從一個蒙古人的屍體上找到兩封信，一封是那幫蒙古人的頭領呼德赫寫給莫桑的，另一封是莫桑的回信。

在信中，呼德赫說有一批漢人官兵要去交河故城那邊尋找一樣很重要的東西，要莫桑想辦法把那些漢人官兵解決掉，但必須要留下為首的幾個人，說事成之後自願把北天山那邊的地盤讓給他，信中還威脅莫桑，說如果不照辦的話，就把當年的那件事說出來。阿依古麗知道後，一定不會饒過他的。

莫桑的回信只有兩行字，說等他處理好這件事後，就立即和呼德赫見面。

除了阿依古麗父親的死，還有什麼事情讓她不會原諒莫桑呢？

阿依古麗在趕回交河故城的途中，再一次見到苗君儒他們三個人。在哈密的時候，當她第一眼見到這三個人，就覺得他們與普通人不同。當她來到離交河故城一百二十里的拉瑪依山口時，迎面遇上一個身負重傷的手下。

那個手下人臨死前告訴她，莫桑正策劃叛變，打算和蒙古人結盟，地牢裏關押了幾個漢人，聽說好像與什麼寶貝有關。

她馬上想到了走在她後面的苗君儒他們三個人，立刻命令身邊的護衛帶人去接他們，她必須要弄明白這些漢人到這裏來的目的。

苗君儒想起了救了他們的那幾個人，令他不解的是，那幾個人並沒有接走他們，聽到一陣槍聲之後，只留了馬匹給他們就匆忙離開了。依當時的方位看，發出槍聲的地方並不是鬼魅山谷那邊，而是通往拉瑪依山口的方向，那幾個人可能擔心阿依古麗受到伏擊，才捨下他們匆忙離去。

當阿依古麗回到交河故城後，得知莫桑又抓了三個漢人。她知道此時交河故城已經完全被莫桑控制了，仍帶著兩個人進來，她一直把莫桑當叔叔看待，從來沒想過莫桑會背叛她。她只想跟莫桑見一面，問莫桑為什麼要那麼做？

她趕到坑邊，剛好見到苗君儒被逼下狼坑。面對她的質問，莫桑百般狡辯，當她拿出那兩封信時，莫桑突然變臉，拔槍就射，還好是她身邊的護衛替她擋了一槍，否則她會當場喪命槍下，身體在後退的時候，不小心摔下了狼坑。

苗君儒邊聽邊點頭，事到如今，他覺得沒有必要隱瞞阿依古麗，他說道：「其實我們到這裏來，是為了尋找一塊黃帝玉璧！」

阿依古麗問：「黃帝玉璧是什麼東西，真的有那麼重要嗎？」

「非常重要！你看到我們這麼多人都捲進來了，」苗君儒接著說道：「你剛才提到你的父親是四年前出意外的，那一年有個偉大的人物也去世了，我猜一定是有人指使那幫蒙古人，聯合莫桑裏應外合害死了你的父親，本來那個時候莫桑就可以欺你年幼，把頭領的位子搶到手。可是由於某種原因時機沒有成熟，所以才等到現在。」

阿依古麗問：「那是什麼原因呢？」

苗君儒說道：「我想是三寶沒有現世！」

阿依古麗問：「三寶是哪三寶？」

苗君儒說道：「這件事要說的話，就很長了，我想到時候你會明白的；我們必須儘快去救我的朋友，否則莫桑一定向他們下毒手！」

「等下我們就去救你的朋友。」阿依古麗說道：「在離這裏六十里的巴爾達山谷，還有幾百個人，他們都是我的人，我已經命人去聯繫了！等他們一到，我們就衝出去！」

交河故城，當地人稱「雅爾和圖」，意為「崖兒城」。位於雅爾乃孜溝村的兩河床之中。因為兩條河水繞城在城南交匯，故名交河。《漢書‧西域傳》中說：「車師前國，王治交河，河水分流而下，故稱交河。」這說明交河故城就是戰國時期一個被稱為車師的民族的「國都」。交河是車師前國國王的治地，是西域三十六國之一，是車師前國政治、經濟、軍事和文化的中心。西域最高軍政機構——安西都護府最早就設在這裏。

交河故城的建築年代距今約兩千到兩千三百年。故城由廟宇、官署、塔群、民居和作坊等建築組成。這座古城幾乎全是從天然生土中挖掘而成的，這種建築方式被稱為「減地留牆」，最高建築物有三層樓那麼高。由於乾旱少雨，經歷了這麼長時間後依然保存著。

整個交河故城的地形，形同一艘朝向東南行駛的大船，又像一片隨風飄落的柳葉。城中有一面積五千平方米的大寺院，在它的東面和南面是居民區和官署區，西面和北面為小寺院和墓葬區。城中多數建築是在原生土中掏土成牆、成室，街巷也都是這樣挖出來的。城內有大大小小的寺院五十多個，可見當時佛教極為盛行。作為防禦性的小城，所有建築沿街都不開設門窗，只有繞進小巷，才能進入房屋。

十三世紀後期，交河城屢受戰亂禍害，破壞嚴重，到明朝永樂年間時，交河故城已完全廢棄。交河故城是中國最熱的地方，最高氣溫達攝氏四十九度；也是中國最乾燥的地方之一，年降水量不足四十毫米，蒸發量卻高達三千毫米。這裏絕不是人類宜居之處，可正是這乾燥、惡劣的環境，卻讓一座一千三百年前的古城保存了下來。

與所有古城不同的是，交河故城有三奇。一奇是它僅有兩個城門：南門和東門。南門為主門，舊有建築已蕩然無存，只剩一個巨大的豁口；東門，被河道長期下切阻斷在懸崖上而名存實亡。二奇是交河故城三面臨崖，天險自成，沒有古城常有的城牆。三奇是城內屋宇殿閣，均是平地下挖而成，幾乎不用木料。

對交河故城的這些介紹，苗君儒以前就看到過，也有過一些更深入的瞭解，可不管怎麼說，他沒有到過這裏，對城內的地形不熟。

阿依古麗對城內的每條街道都很熟悉，他們離開那間屋子後，七拐八拐地轉了幾個圈，就來到了關押蕭剛他們的那處地窖。

地窖的門口站著兩個看守，阿依古麗和苗君儒一左一右撲上去，迅速解決掉了那兩個人，一腳把門踢開。

裏面的四個人聞聲而起。

苗君儒對蕭剛說道：「這裏發生了很大的變故，我們快走！」

阿依古麗走在前面帶路，在他們剛轉過一處街角時，四周的房頂上突然出現了舉著火把的人，每個人的手裏都舉著槍，齊刷刷地瞄準他們。他們四面全被包圍了，完全暴露在對方的火力控制下，要想強行衝出去的話，就只有死路一條。

幾個人站在離他們兩百米左右的一處房頂上，為首的一個大聲叫道：「尊敬的阿依古麗，我實在沒有想到你還能夠從狼坑裏活著出來，莫知道你會去救那幾個人，所以要我在這裏等。」

楊不修低聲道：「我們衝不過去了！」

阿依古麗看了一下四周的情況，指著前面的一間小屋子，低聲說道：「看到那間小房子沒有，如果能夠衝到那邊，就有辦法衝出去。那下面有地道，直通寺院那邊。」

她接著對著對面為首的大聲道：「達江叔叔，您是我爸爸的好朋友，一直以來我都是最尊敬你的，從來沒有想過你也要背叛我，我只想知道你為什麼要這麼做！」

達江說道：「很簡單，為了車師國留下來的巨大寶藏，我從跟著你父親開始，就不斷在尋找，這裏的每一寸土地，我都找過，可就是找不到，我的漢人朋友告訴我，只要有那三件寶物，就可以打開通往寶藏的通道。現在莫桑已經有了那三樣寶貝，隨時都可以打開寶藏。」

趁著阿依古麗和達江說話的當兒，蕭剛已經看好了地形，想到了最佳的逃生方法。

城外響起了激烈的槍聲，一定是阿依古麗手下的另一幫人打進來了。

「走！」蕭剛大喊一聲，抬手幾槍，打倒了離他們最近的屋頂上的幾個人。

其他幾個人各自朝兩邊開槍，跟著蕭剛往前衝。

總算衝到那間小屋子，苗君儒正要說話，卻聽到身後傳來女人悶哼。他以為是阿依古麗中槍了，扭頭望去，見盛振甲抱著小蓮，大聲悲叫著：「小蓮，小蓮！」

此時的小蓮身體已經癱軟，胸腹各中一槍，血流了一地，她連話都說不出來，只是緊緊地抓著盛振甲的手，深情地望了兩眼，便閉上了眼睛。

楊不修扯著盛振甲，大叫道：「快走，再不走就來不及了！」

盛振甲望著小蓮的屍體，流著淚說道：「小蓮，我對天發誓，如果哪一天有機會的話，我一定不會放過這些土匪。」

果然，日後他成為「新疆王」，只要有土匪的地方，他都命令軍隊去剿，而且手下毫不留情，對抓到的土匪，無一例外都被砍頭示眾。

阿依古麗走到屋子的一個角落裏，扯開上面的東西，露出一個地洞來。她輕輕一跳，就下到洞裏。

苗君儒也跳了下去，洞不深，但是裏面很黑，伸手不見五指，他聽到阿依古麗在前面說：「一個跟著一個，不要丟！」

就這樣摸索著牆壁，跌跌撞撞地往前走，也不知道走了多長時間，又聽到阿依古麗說道：「到了！」

苗君儒跟著阿依古麗爬上去，迎面見到一尊殘破的佛像，有好幾尊佛像，都已經倒在了地下，他看了一下，認出是寺院的偏殿，主殿內都是供著巨大的佛祖像，而且佛像遠不只這幾尊。據資料記載，這交河故城內原先有大大小小的寺院五十多個，其中最著名的是拉古克都大寺院，寺院占地五千平方米以上。他們現在所處的，也不知道是哪一個。

待所有的人都上來後，阿依古麗搬過一塊墊佛像的基石，封住了洞口，這樣的話，後面追來的人就上不來了。

城外的槍聲還很緊，阿依古麗說道：「從這裏出去，過兩條街，那裏還有一條密道，是出城去的！」

大家在走出了這間偏殿後，迎面是一片廣闊的場地，苗君儒看到旁邊那高大巍峨的主殿，可惜主殿上方的匾額早已沒有了。在經過主殿門前的時候，他見到主殿的台階下有一塊大石碑，隱約可見石碑上有字，他下意識地走近了些，見到那上面有一些類似蝌蚪的文字，那是佉盧文，他似乎認得那些文字的含義。

苗君儒忙問阿依古麗：「這裏就是拉古克都大寺院？」

阿依古麗問：「是呀，怎麼了？這個名字還是我小時候聽父親說的。」

苗君儒對蕭剛說道：「石碑上的文字是佉盧文，有拉古克都這四個字，神貓李所說的最後兩個字，就是拉古！也許通往幽冥世界的通道就在這裏。」

盛振甲說道：「我的這張地圖上，就有拉古克都這四個字，」

他身上的其中一張人皮地圖，本就是神貓李的，所以神貓李知道地圖上的內容。

楊不修說道：「可是我們手上沒有那幾件寶物，就算找到通道也沒有辦法進去。」

「你們沒有我有呀！」一個蒼老的聲音從主殿內傳來，裏面火把通明。

「是田掌櫃！」蕭剛叫道。

主殿的門開了，從裏面衝出來十幾個蒙古族裝束的男人，手上提著青一色的快慢機盒子。一個人出現在門口，果真是田掌櫃。

田掌櫃望了大家一眼，目光定在苗君儒的身上，「不虧是考古學專家，一眼就從石碑上認出這裏是拉古克都大寺院，那上面的佉盧文，除了你的老師，可沒有幾個人認得！」

寺院的大門方向出現火光，一群人從外面擁了進來。為首的是莫桑，走在莫桑身邊的，是梅國龍和劉白，還有一個年紀較大的老者。

田掌櫃笑道：「除了死掉的之外，該來的都來了！」

蕭剛冷笑道：「都是一些小角色，真正的大角色是不會露面的。」

那個年紀較大的老者沉聲道：「誰說沒有大角色？」

蕭剛笑道：「你也只不過是一個小角色，會看風水的人，往往都是替別人看的好風水，輪到自家就沒有了！梅大師，我說的沒有錯吧？」

苗君儒上前一步問道：「你就是那個把銅鑰匙給我老師的人？」

梅大師點頭道：「是的，我早就知道你老師和王凱魂有關係，所以我把銅鑰匙給他，我知道他一定會把銅鑰匙交給王凱魂，那樣一來，水神娘娘肚子裏的兩張人皮地圖就現世了，怎麼，我做錯了嗎？」

苗君儒問：「你那麼做是什麼意思？」

梅大師哈哈笑道：「你是聰明人，不可能不知道的，要想拿到黃帝玉璧，首先就要讓三寶歸一，地圖重逢！」

蕭剛笑道：「梅大師，你和田掌櫃都想得到黃帝玉璧，我倒想知道，誰有本事拿到手！」

梅大師看了一眼田掌櫃，說道：「你想挑撥我和他之間的關係，那你就錯了，我早就和他商量好了，玉璧歸他，寶藏我有一半！」

蕭剛笑道：「恐怕不只這麼簡單吧，玉璧沒有出現之前，你可以這麼說，可是一旦玉璧露面，你可要翻臉了。如果我沒有猜錯的話，烏魯木齊和哈密的軍隊已經動身了！」

梅大師臉色一變，「你怎麼知道的？」

蕭剛笑道：「我是推測的，天底下能夠命令你梅大師做事，而又能夠輕易調動軍隊的人，有幾個呢？」

田掌櫃變色道：「媽的，老傢伙騙我！」

他手中的槍響了，子彈射進梅大師的胸口。

與此同時，梅國龍手裏的槍也響了，可惜他終究慢了一點，被田掌櫃躲過，一陣槍響之後，他的身上迸出幾道血箭。

梅國龍踉蹌著倒下，望著蕭剛，說道：「我……沒有……背叛……」

蕭剛也要開槍，可已經被田掌櫃手下的人用槍逼住，他們幾個人並不畏懼，持槍以對。

蕭剛用槍指著田掌櫃的頭，說道：「只要有人敢開槍，我就讓子彈在你那顆頭上鑽出一個洞。」

雙方的火藥味很濃，一觸即發。苗君儒見對方人多，動起手來肯定吃虧，忙道：「大家都冷靜一下，千萬別走火！」

田掌櫃揮了一下手，兩邊的人各自退開了一步。他看著蕭剛，臉色還有一些不自然。

莫桑從身上拿出那顆泛著青光的金剛舍利子，交到田掌櫃的手裏，說道：「能不能打開通道，就看你的了！」

田掌櫃望著蕭剛，「怎麼樣，還是我行吧？」

蕭剛微笑著沒有說話，他覺得現在說這話還過早。

苗君儒一直望著劉白，到現在，他還不知道劉白究竟扮演著什麼角色。

一開始的時候，劉白就可以從神貓李那裏得到寶玉兮盒，至於石塔中的金剛舍利子，那是隨時都可以偷走的，可是他並沒有那麼做。

劉白走過來對苗君儒道：「苗教授，是不是有很多問題想問我？」

苗君儒點頭：「要問你的問題很多！」

劉白看了看天色，說道：「沒問題，我有的是時間！」

苗君儒問：「蕭剛發現你曾經去找過我的老師，你對他說了什麼？」

劉白笑道：「我是去找過他，只是帶去了一個人的問候，要他幫忙而已，沒想到他寧可自殺也不願意幫我們！」

苗君儒問：「你既然殺死了小紅，為什麼要把玉扳指留在那裏呢？」

劉白說道：「我首先認識那個婊子，一次酒醉之後，告訴了她我知道的秘密，幾天後我就被抓了，被抓走的時候，我把玉扳指留在她那裏，以便後來去拿。

「在監獄裏，我認識了一個叫黃森勃的人，他說他以前是激進學生，運動的時候被抓進來的，我和他聊得很投緣，沒多久他就拜我為師，北伐軍進城之前，我被劉顯中放了出來，在外地躲了兩個月後回到北平，去找那個婊子算帳，順便拿回玉扳指，結果在那裏見到了他，也知道那個婊子是他的妹妹，看在他是我徒弟的份上，我原諒了那個婊子，那個婊子說玉扳指已經被賣掉了，還說只要我替她贖身，就跟著我。

「那天我和師傅去拿回金剛舍利子，我叫我的徒弟在碧雲寺外面等，誰知道等我出來後，他卻不見了……我去找那個婊子，可是她說什麼都不知道，一氣之下我殺了她……」

看來這玉扳指怎麼又回到小紅那裏的，成了一個永遠的謎，也許找到劉顯中才能問清楚了。苗君儒說道：「你要你的徒弟在碧雲寺外面等，是因為你知道寺廟內會有一場大亂，你想渾水摸魚，避開那些監視你的人，把金剛舍利子送出去。」

劉白說道：「不錯！」

聽到這裏，楊不修和盛振甲相視望了一眼，他們誰都不說話。碧雲寺中發生的事情，誰都不願說出來。其實盛振甲也是臨時接到上面的意思，要楊不修停止刺殺行動，並要他去後院假山。劉白事先就知道寺院內會有一場大亂，肯定是上面的人故意洩露了消息，否則，憑劉白的身分，又怎麼可能知道呢？

苗君儒說道：「是誰告訴你寺院內將有一場大亂？」

劉白笑道：「這是秘密，我死都不會說的！」

苗君儒已經想到，也許正是因為那個人，潘教授才選擇了自殺，這麼做是想保住他作為一個考古專家的名節。

苗君儒接著問道：「你怎麼知道田掌櫃是滿人？」

劉白哈哈笑道：「是他自己告訴我的，我當然知道了，在船上的時候，我故意說出他滿人的身分，讓蕭剛他們把他救走，這樣的話，他就可以去安排別的事情了。」

盛振甲問道：「我們身上的東西是你偷走的？」

劉白笑道：「當然，要不我怎麼號稱巨盜呢？我把偷來的東西交給蒙古人，自然就到田掌櫃手裏了！」

盛振甲怒道：「原來你們兩個人是一夥的！」

劉白說道：「是呀，在三峽的時候，你沒有看到嗎？」

蕭剛說道：「其實我早就應該想到你們兩個人是站在同一條線上的，因為你們都和劉顯中有關係！」

「你現在知道也不晚呀！」田掌櫃扭頭對苗君儒說道：「潘教授已經死了，這裏懂佉盧文的只有你一個，打開通道的方式就在那塊石碑上，千萬不要讓我失望。」

莫桑手下的人已經把那塊石碑挖了出來，抬過來放在大殿內。

苗君儒跟著田掌櫃走進大殿，大殿內供奉著許多佛像，正中的一尊高約十米，其大小造型與敦煌莫高窟中的佛像極為相似。歲月的滄桑早已經洗去了寺院昔日的輝煌，留下的只是塵埃與殘破。

其餘的佛像都有不同程度的損壞，唯獨這尊巨佛沒有半點破損，依然顯得那麼的祥和與寧靜。

石碑就放在巨佛面前的地上，苗君儒蹲下身子，仔細辨認那些佉盧文的含義。過了片刻，他起身道：「田掌櫃，是誰告訴你說石碑上記載了打開通道的方式?這石碑上寫的，是寺院的建造過程，與通道沒有任何關係！」

田掌櫃的臉色一變，眼中閃現一抹詫異：「你可別騙我，否則我殺了你！」

苗君儒說道：「你殺了我也沒有用，不信的話，你把石碑上的全部字拓下來，交給別人去翻譯！」

田掌櫃說道：「就是因為擔心打開通道的方式被別人知道，兩年前我拓下了一部分給潘教授，結果他也是那麼說的！」

苗君儒笑道：「那一定是有人騙了你！」

田掌櫃叫道：「不可能，作為寶藏的守護人，阿依古麗也知道，打開寶藏通道的方式，就在石碑上！」

阿依古麗問：「這是寶藏守護人世代相傳的秘密，你們蒙古人是怎麼知道的？」

田掌櫃大笑道：「你忘了你父親的死，他臨死前把這個秘密告訴了他最信任的人，要那個人轉告給你！」

阿依古麗望著莫桑，「你把秘密也告訴給了蒙古人？」

苗君儒突然想到，那塊黃帝玉璧是明成祖奪位之後丟下去的，距今才五百多年。且不說金剛舍利子與寶玉兮盒這兩件在地下躺了那麼多年，單就定海神針而言，在龍宮內躺了五千年以上。沒有這三件寶物，當年那些人是怎麼打開通道，把那塊黃帝玉璧丟下去的？

車師國寶藏的通道和通往幽冥世界的通道，是否同一條呢？

田掌櫃笑道：「我們不但知道秘密，還知道那個傳說！」

苗君儒問：「什麼傳說？」

阿依古麗說道：「既然你們都知道了，我就乾脆說給大家聽，這是一個很古老的傳說……」

第十章

傳說中的黃帝玉璧

在水頭上，有一片圓月形的碧綠玉璧，如湯碗般大小。
古代的玉璧都是圓形的，正是傳說中的那塊黃帝玉璧。
只見那黃帝玉璧被一股股像噴泉般冒出的水托著，
浮在水面上並不下沉。
玉璧放射著碧綠色的毫光，連水都成了綠色。

原來在很久很久以前，這裏是一片肥沃富饒的土地，這裏的人們無憂無慮地生活著，有一天，一個惡魔帶了一群妖孽強佔了這片土地，一個叫艾馬迪的年輕人帶著人們奮起反抗，惡魔趁他們不備，搶走了艾馬迪心愛的姑娘卡麗雅。

一天夜裏，艾馬迪帶著二十名勇士偷偷潛進惡魔的老巢，想救走卡麗雅，不料卻被惡魔發覺。一番生死拚搏後，他們寡不敵眾，被逼到懸崖上。這對情人在跳下懸崖之際向天神發誓，只要能夠趕走惡魔，他們願意用靈魂來交換。

他們跳下懸崖後，突然間天地變色，風沙四起，大地裂開了一條縫，天神把惡魔和一群妖孽全都打入了地獄。但是惡魔的法力高強，天神無法將那條縫合攏，情急之下，艾馬迪和卡麗雅用他們的靈魂封住了那條裂縫，饒是如此，仍留下了一條通向地獄的通道。為了防止惡魔再次出來作祟，人們在那條通道上修建了一座寺院，用佛祖的法力來鎮住惡魔。

苗君儒問：「通道和車師國的藏寶又有什麼聯繫？」

阿依古麗說道：「據說車師國的國師是個法力高強的人，他用法力打開了那條通道，把財寶都放到了通道裏，只有進入通道才能找到寶藏。」

苗君儒明白了，這寶藏是和通道連在一起的。他不相信那個車師國的國師用法力打開通道，也許那個國師知道如何進入通道。阿依古麗也承認打開通道的訣竅就在這塊石碑上，可是石碑上的文字，除了那一段梵文法華經中的偈語外，其他的都是佉盧文的建寺功德與紀要。

他仔細看著那幾句梵文：世雄兩足尊，惟願演說法，以大慈悲力，度苦惱眾生。以靈嶽降靈，非大聖無由開化。適化所及，非昔緣無以導心。

莫非打開通道的奧秘就在這幾句話中？

前面那幾句出自法華經的內文，後面的那四句則是法華經漢文版傳序中的內容。

法華經全稱為妙法蓮華經，漢文版的經書中有傳序，其文是：妙法蓮華經者，統諸佛降靈之本致也。蘊結大夏，出彼千齡。東傳震旦，三百餘載。西晉惠帝永康年中，長安青門、燉煌菩薩竺法護者，初翻此經，名正法華。東晉安帝、隆安年中，後秦弘始，龜茲沙門鳩摩羅什、次翻此經，名妙法蓮華。隋氏仁壽，大興善寺、北天竺沙門闍那、笈多、後所翻者，同名妙法。

三經重遝，文旨互陳。時所宗尚，皆弘秦本。

夫以靈嶽降靈，非大聖無由開化。適化所及，非昔緣無以導心。所以仙苑告成，機分小大之別。金河顧命，道殊半滿之科。豈非教被乘時，無足核其高會。是知五千退席，為進增慢之儔。五百授記，俱崇密化之跡。所以放光現瑞，開發請之教源。出定揚德，暢佛慧之宏略。朽宅通入大之文軌，化城引昔緣之不墜。繫珠明理性之常在，鑿井顯示悟之多方。詞義宛然，喻陳惟遠。自非大哀曠濟，拔滯溺之沈流。一極悲心，拯昏迷之失性。

自漢至唐六百餘載，總歷群籍、四千餘軸。受持盛者，無出此經。將非機教相扣，並智勝之遺塵。聞而深敬，俱威王之餘績。輒於經首，序而綜之。庶得早淨六根，仰慈尊之嘉會。速成四德，趣樂土之玄猷。弘贊莫窮，永貽諸後云爾。

苗君儒也略通佛法，法華經上面的這段序言他都能夠背得出來，內中的含義無非是講述法華經翻譯的經過，還有就是佛法教化及普度眾生的道理。

這兩段文字結合在一起，是什麼意思呢？

田掌櫃把寶玉兮盒與定海神針放在地上，說道：「金剛舍利子就在盒子裏，現在這三件寶物都齊了，你能夠下到龍宮中拿出定海神針，我相信你一定能夠打開通道，拿出那塊黃帝玉璧！」

苗君儒想起盛長老對他說過的話：要想進入幽冥世界，拿到黃帝玉璧，必須切記三件事，就是佛祖在上，誠心向佛，捨身成仁。

這三件事都是與佛教有很大關係的。

石碑上梵文的第一句是：世雄兩足尊。他望向那尊大佛，見大佛的雙腿盤坐著，面容祥和穩重，與普通的佛像並沒有什麼不同。佛像面前的地面，有深度挖掘過的痕跡。看來在此之前，就有人在這裏尋找通道的入口了。

他對田掌櫃說道：「如果開啟通道的辦法就在石碑上的話，恐怕一時半刻我沒有辦法破解！」

田掌櫃笑道：「我可沒有多長時間給你去研究，馬步芳的騎兵用不了兩天就趕到這裏！」

苗君儒說道：「有些事急是沒有用的！」

田掌櫃笑道：「你那邊還有四個朋友，你不會看著他們死吧，大不了血染佛堂，我豁出去了！」

苗君儒知道田掌櫃說得出做得到，來自哈密和烏魯木齊的軍隊很快便趕到這裏，田掌櫃必須在軍隊到達之前拿到黃帝玉璧，否則就功虧一簣。

他看著那幾句，想來想去也想不出玄妙所在。

一個多小時很快過去了，田掌櫃揮了一下手，那些蒙古漢子持槍對準蕭剛他們，只等田掌櫃下令後，立即開槍。

苗君儒想起王凱魂對他說過的故事，當年建文帝攜玉璧出逃，被朱棣追得急了，便讓隨身人員帶玉璧往西走，結果那塊玉璧就落入那條通向幽冥世界的通道裏。人在逼急了的情況下，面對佛祖，絕大部分人都會跪下來求佛祖保佑。也許那些隨從就是在求佛祖保佑的時候，不小心打開了通道。也正迎合了盛長老說的第一件事。

現在要弄明白的是當年那些人不小心打開通道的準確時間，可是事情已經過去了幾百年，又有誰會知道呢？

他問田掌櫃：「幾百年前有人把黃帝玉璧丟進去，肯定打開了通道，你應該知道那是什麼時間。」

田掌櫃笑道：「你這可就問對人了，水神幫除了我之外，誰都不知道那件事發生的具體時間，你一定是想照著那些人的樣子拜菩薩，找到打開通道的辦法。當年那些人打開通道的時間是乙丑年六月十二晚上亥時，沒有用的，我早就試過了，一點動靜也沒有。」

「當年他們沒有這三件寶物，可照樣打開了通道，這不得不令人奇怪！」苗君儒接著說道：「田掌櫃，叫你的手下人退開一點，暫時把槍放下，萬一走火對誰都沒有好處！」

田掌櫃說道：「來人，把石碑翻過一面！也許背面的圖案對你有用。」

上前幾個人，把石碑翻了一面，見石碑的背面是一些圖案，運用的是陰刻手法，圖案生動豐富，正中表現的是釋迦牟尼涅槃的場景，佛祖略側身橫臥，單手托腮，雙目緊閉，四周為眾弟子傷心悲痛的場面，各個神情動作各異。四周各有一些小圖案，表現的是佛祖向眾弟子及菩薩講經說法的場景。

城外的槍聲一直持續著，達江帶著幾個人跑過來，對莫桑說道：「他們好像有一兩千人，我們快頂不住了！」

莫桑驚道：「不可能，阿依古麗留在巴爾達山谷裏的，絕對不超過五百人！」

阿依古麗冷笑著說道：「莫桑，不只是你們想得到車師國的寶藏！」

莫桑明白過來，原來阿依古麗的人把打開寶藏通道的消息洩露出去後，另外的幾股土匪也想來分一杯羹。

苗君儒可不管他們在爭論什麼，他仔細看著石碑，見石碑是深褐色，好像是一種遠古的碧玉，用手輕輕撫摸著石碑的表面，當他的手離開石碑的時候，發覺手上有一些暗紅色的粉末。

「砰」的一聲槍響，不知道誰開的槍。

轉眼間佛堂內槍聲大作，苗君儒閃身躲在石碑後面，見蕭剛他們幾個人持槍朝周圍射擊，慢慢退到了巨佛的旁邊。

地上已經倒了好幾具屍體，都是田掌櫃的人。

苗君儒覺得右臂有些疼痛，用手一摸全是血，原來不知什麼時候被流彈打傷了，還好傷勢不大，他的血流在石碑上後，石碑突然出現一抹亮光。

他剛才摸到的那些暗紅色的粉末，是乾枯了幾百年的血跡，當年明朝的軍隊追到這裏，一定也發生了一場慘烈的拚搏。

只見亮光中，石碑上的那些梵文開始流動起來，地面開始出現一陣陣的顫動。

所有人都驚住了，不約而同停止了射擊。莫桑見狀，帶著手下人退去，但他並未離開寺院，遠遠地站著，命令手下人密切注視著佛堂裏的情況。

石碑上的那些梵文重新組成了一句經文，正是一句釋迦牟尼佛心咒：達呀嗒嗡牟尼牟尼摩訶牟尼耶娑訶。

苗君儒從石碑後出來，雙手合什跪在巨佛面前，口念佛心咒。他身邊的那根定海神針突然放射出炫目的光芒，從地上直立起來懸浮在空中。

地面仍在發出顫抖，佛堂的屋頂不斷往下落塵土。只見巨佛的雙足間射出一道白光，從地底下傳來一陣渾重的歎息，就像一個沉睡中的人剛剛醒過來一般。佛堂內那些膽小的人早已經嚇得面如土色，不少人已經逃了出去。

震動很快停止，隨之傳來一聲巨響後，巨佛足下的底座裂開一條縫，現出一個剛好容人進入的口子，從裏面冒出一陣陣的黑氣。苗君儒起身，左手托著寶玉兮盒，右手拿過那根懸浮在空中的定海神針。

這時，他的周身出現一圈七彩佛光，佛光中的他就像一尊降臨塵世的神佛，看得眾人目瞪口呆。

他向那個口子走了進去，進去後，只見一排台階順階而下，陣陣黑氣不斷從下面冒出來，黑氣中帶有一種很酸的味道，也不知道有多深。

定海神針上光線照著他面前的路，比火把的光線強多了。通道也就一人多高，左右不超過兩米，洞壁是硬土，殘留著人工雕琢過的痕跡。

他走了一個多小時，看到台階上有一具頭朝下的骨骸，骨骸身上的衣服早已經風化，但依稀可以看出是明朝錦衣衛官員的金色飛魚服，骨骸的腰間有一塊雙虎頭圓形金牌，上面幾個字：錦衣衛副指揮使柳猛。

他大吃一驚，錦衣衛副指揮使的官職並不大，按明朝官制算的話，也就是從四品。但是由於錦衣衛的特殊性，不要說是副指揮使，就是一個不入流的校尉，一品大員見了都害怕。

堂堂的錦衣衛副指揮使，居然死在這裏，可想而知柳猛當年的使命有多麼的重要。

再往下，又見到幾具骨骸，有兩具穿著平民的服飾，但從腳下那還沒有腐爛的牛皮官靴看，這兩個人生前也不是一般的人物。

兩邊的土壁上有刀劍劃過的痕跡，幾把刀劍就握在死者的手中，仍保留著他們死前的樣子。

不僅僅是外面的佛堂，就是在這通道內，也進行著一場殊死的搏鬥。台階開始換了方向呈螺旋形向下，進入一道拱形門後，前面沒有了去路，對面的土壁上，有一尊與土壁合為一體的坐佛。

盛長老說的三件事中，第二件是誠心向佛。

苗君儒來到那尊坐佛的面前，見坐佛的胸前有一個圓形的小孔，直徑與金剛舍利子一般大小，他打開寶玉兮盒，取出那顆金剛舍利子放入小孔中，舍利子很快滾了下去，佛像的頭上出現一道光暈，聽到一陣「吱吱嘎嘎」的聲音，坐佛旁邊的土壁上出現一道門，門後仍是向下的台階。

又往下走了十幾分鐘，來到一處平坦的地面。他見右邊土壁的，有兩具披著金色袈裟的骨骸，骨骸盤腿坐著，雙手合什，就像入定了的得道高僧。

明太祖朱元璋是僧人出身，與佛有源，建文帝朱允炆即位後，更是崇尚佛教，身邊不乏有高僧相伴，為他講解佛法。燕王奪嫡之後，民間就有建文帝逃出宮後削髮為僧的說法。

在僧人骸骨的旁邊，還有十幾具骸骨，有些骸骨七零八落，骨頭呈不規則形狀的碎裂，也不知道是什麼原因造成的。其中的一具身上穿的，竟然是金黃色的繡龍袍。

這龍袍只有皇室族人受封之後才有資格穿，建文帝在逃難之際，不可能這麼明目張膽。這個人穿著龍袍，一定是想引起別人的注意，替建文帝引開追兵。

在那具骸骨的前面，是一條深不見底的溝壑，黑氣就是從那條溝壑中冒出來的。

那塊黃帝玉璧一定被這個穿著龍袍的人丟下了溝壑，使那些錦衣衛無功而返。錦衣衛辦事極其隱秘，一般人絕對不可能知道，水神幫又是如何知道那塊黃帝玉璧被丟到這裏的呢？除非當年有水神幫的人參與了這場搏殺，並且活著離開了。否則的話，盛長老和神貓李他們，又是如何知道玉璧掉到幽冥世界的事情呢？

上面的人陸續下來了，大家的目光最後都落在那條溝壑上，難道這就是通往幽冥世界的通道？

苗君儒坦然地朝溝壑走過去，站在溝壑的邊上，就在他的腳邁出去的時候，聽到阿依古麗叫道：「不要！」

阿依古麗衝過去想抓住苗君儒，可惜終究慢了一步，苗君儒的身影晃了一下就不見了。

捨身成仁。苗君儒想到的就是這四個字。

若是普通人跳下去，必死無疑，但是他不同，他不但身具上乘功力，手上還有兩件寶物。

他跳下去後，感覺身體輕飄飄的，那些黑氣在身邊縈繞，如同在雲端中漂浮。他的心懸著，半分鐘後，當雙腳接觸到地面的時候，才放下心來。

這半分鐘的時間，如同過了幾個世紀般那麼漫長。

他腳下踩著的地面與上面的不同，上面的地面是黃褐色的，而他腳下踩著的則黑如墨汁，顯得非常軟，就像沼澤地中的草堆，若不是他的身體輕盈，只怕會陷下去。

這是一種很像天然瀝青的物質，但絕不是瀝青，有瀝青的地方必定有天然氣，天然氣遇火即燃，而且有很強的毒性，人是絕對無法在充滿天然氣的地方生存的。當年那些錦衣衛舉著火把追進來後，見那個人臨死前把黃帝玉璧丟了下去，肯定有自恃武功高強的錦衣衛跳下來。

自身的重量加上下墜的力度，就算武功再高強的人，也沒有用。那些跳下來的錦衣衛無一例外地落到這些物質中，瞬間便被埋沒，死前連一句話都說不出。所以上面的人並不知道，究竟發生了什麼事。

依當時的人類對自然界的認識，下到這麼深的地方，應該離地府不遠了，所以當時有人肯定，這條溝壑一定是通往幽冥世界的通道，要不怎麼跳下去的人連吭都不吭一聲？就算落到水裏或者地上，也會發出慘叫的。

只有被鬼神攝去魂魄的人，才會一聲不吭。

民間傳說人間和冥界雖然有通道互通，鬼可以來到人間，但是生人絕對不能進入冥界，否則被攝去魂魄，永世不得超生。

也許那些沒有跳下來的人意識到這一點，才會無奈地離開，並留下了那個冥界通道的傳言。

定海神針具有一定的懸浮力，可以使身具上乘功力的人在空氣中輕若鴻毛，所以水神幫的人才會想到去尋找定海神針。

苗君儒朝四周看了一眼，見前面黑色的物質中間有一汪水，那水就如同地下冒出泉水一般，正不斷往上冒，可是無論冒出多少，都不見溢出來。在水頭上，有一片圓月形的碧綠玉璧，如湯碗般大小。古代的玉璧都是圓形的，正是傳說中的那塊黃帝玉璧。

只見那黃帝玉璧被一股股像噴泉般冒出的水托著，浮在水面上並不下沉。玉璧放射著碧綠色的毫光，連水都成了綠色。

苗君儒看了一下，那玉璧離他有兩三米，必須下到水裏才能夠拿得到。他的腳剛一接觸到那些水，腳下立即冒出了一股煙，腳底傳來一陣灼痛，忙把鞋子甩掉，見鞋底已經洞穿，片刻間那隻鞋就變成了一堆粉末。

想不到這些水具有這麼強的腐蝕性，比濃硫酸還要厲害得多，幸虧剛才沒有跳下去，否則連骨頭都會化掉。

沒有那麼長的工具，要想從這些水中拿到黃帝玉璧，是不可能的。

看著腳下這些黑色的物質，他想到辦法了。天生萬物一物克一物，自然界的各種物質，都是環環相克的，那些水的腐蝕性再強，也腐蝕不了這些黑色的物質。只要把黑色的物質移過去，就能夠把黃帝玉璧拿到手。

他把寶玉兮盒放入懷中，定海神針插在腰間，彎腰下去搬動那些黑色的物質。這些黑色的物質被他像捧泥團一樣捧起來。

上面傳來蕭剛的聲音：「苗教授，你沒事吧？」聲音顯得很遙遠。

他大聲回答：「我沒事，看到黃帝玉璧了，我正想辦法！」

一捧捧的黑色物質放到水面上後並不下沉，而是與旁邊的黑色物質迅速黏結在了一起。他來往奔波著，沒有多久，便離黃帝玉璧只剩下一米多了。

現在只要用定海神針往前一伸，就可以搆著黃帝玉璧，只需輕輕一挑，便可將黃帝玉璧從水中挑出來。

玉璧在水中浸泡那麼多年，說不定也有了很強的腐蝕性，手是絕對碰不得的。

水神幫尋找那三件寶物，絕對有一定道理的。金剛舍利子用來開啟最後一道門，定海神針是使身體變輕，那麼寶玉兮盒，自然是來裝黃帝玉璧的。

他把寶玉兮盒的蓋子打開放在旁邊，仔細看準方位。他只有一次機會，如果一挑不中的話，浮在水上的黃帝玉璧會改變方位，失去水的托力後會沉入水中。

他深吸了一口氣，定了定神，拿著定海神針向前慢慢伸了過去。就在他看準方位，用力要將黃帝玉璧挑離水面的時候，突然聽到一種很奇怪的聲音，那聲音也不知道是從什麼地方傳過來的。

他顧不了那麼多，手底下用力，「嗖」的一下把黃帝玉璧挑離了水面，玉璧在空中劃了一個圓弧，穩穩當當地落在寶玉兮盒中。

他還來不及喘一口氣，一股力道從側面向他撲來，他未來得及做出反應，身體已經被那股力道撞飛，向水中落下去。

一旦掉到水裏，只怕頃刻間連骨頭都化掉了。

他身在空中，扭頭看見那個撞飛自己的東西，竟是一隻像黑熊般模樣的怪獸，那怪獸站在他剛才站過的地方，朝他示威性的發出一聲吼叫。

他的手下並不停，用手中的定海神針在怪獸身上戳了一下，借力躍到一旁，落腳的地方就在黑色物質的邊緣。如果剛才的反應慢上一秒鐘，或者手下的力道不夠的話，現在已經掉到水中了。

他驚出了一身冷汗，想不到在這種地方居然還有生物存活。

寶玉兮盒就在那怪獸的身邊，要想拿到手，必須趕走那怪獸才行。

以他的功力，剛才那一戳若是戳在普通人的身上，足以戳出了一個血洞，可是這怪獸居然一點反應都沒有，那皮也可真厚的！

他仔細看著怪獸，見這怪獸雖然與黑熊相似，但額頭上有一隻像犀牛一樣的角，鼻子寬大似牛鼻。樣子極似古書上介紹的一種神獸獬豸。依據《異物志》書中記載：東北荒中有獸、名獬豸，一角，性忠，見人鬥，則觸不直者；聞人爭，則咋不正者。故其性忠直，能辨是非善惡，古代執法者，所戴的禮帽就叫「獬豸冠」。

他姑且當這隻怪獸就是獬豸。

獬豸又發出一聲怪吼，揮舞著熊掌般的大手撲騰著，並不主動進攻。他模仿老虎的吼叫，作勢向前撲去，想嚇走這隻獬豸。但獬豸不吃他那套，齜牙咧嘴地發出低吼，好像要與他一比高下。

上面突然響起激烈的槍聲，獬豸似乎吃了一驚，腳步開始往後移。

他正要上前，從黑暗中撲出一道黑影，是一隻更大的獬豸，那隻獬豸撲到他的面前，揮舞著巨大的手掌，向他當頭擊下。見到這隻大獬豸，那隻小獬豸歡快地拍起了手掌，就像一個正受人欺負的孩子見到了家長。

他的腳下一滑，從大獬豸的胳膊下溜到小獬豸的身邊，伸手操起那只寶玉兮盒，一腳踢向小獬豸。他本可以將小獬豸踢入水中，但小獬豸並未傷害到他，那麼做的話似乎有些殘忍。

他在小獬豸的身上點了一下，借力向上衝去。往上衝了一段距離後，待去勢將盡的時候，用定海神針在土壁上一戳，借用反彈力繼續往上衝，如此這般十幾次後，來到一處凸起的地方站定，他剛要喘一口氣，忽覺眼前白光一閃，以為又有什麼怪物要出現，忙做好應付的準備，可是等了好一會兒，也不見出現什麼東西。

上面的槍聲不知什麼時候停了，四周如死了一般的沉寂。

他看了看頭頂，用力向上縱去，幾個借力反彈之後，終於跳了上去。

他站在坑沿上，看著滿地的屍體，一時間不知道如何是好。他剛才在聽到的槍聲，一定有人在這裏進行了一場激戰。

地上除了屍體外，還散落著一些金銀珠寶，但更多的是一本本顏色發黃的古老典籍。他隨手撿起一本翻開，見上面都是佉盧文字的經文，所用的紙張是薄如蟬翼的小羊皮。這種小羊皮紙張製作的書籍現今極為少見，是古代典籍中的珍品，而寫著佉盧文的書籍，更是珍品中的珍品。

從屍體上穿著的服飾看，是國軍的士兵。駐紮在哈密的騎兵最快也要兩天才能夠到達這裏，怎麼會這麼快呢？

這些屍體早已經僵硬，留在地上的血跡也早已經乾枯。

他有些想不明白了，從他下去到上來，最多也就一個多小時。一個多小時的時間，人死後絕對不可能那麼快變硬。

他看著前面，在距離那兩個僧人骨骸不遠的地方，土壁上開了一扇門，而原先他下來的那條通道，不知道怎麼竟消失了。

他走過去摸著土壁，見土壁上沒有半點縫隙，就在土壁的地上，還有許多紛雜的腳印。這些腳印無不證明，人就是從這裏出來的。

回去的路不見了，莫非這通道開啟和關閉的時間是受機關控制的。如果是這樣，必須等到下一個通曉梵文的人念那石碑上的咒語，才能打開通道。

他有些茫然地朝四周望了一眼，看著那兩具僧人的骨骸，當年石碑上出現那句咒語的時候，通曉梵文的高僧無意間念了咒語，才打開了通道。

他向這個門內走進去，見裏面是一間全密封的屋子，地上還堆著許多金銀珠寶與古董玉器，還有不少製作精美的銀製和銅製品，大到一個一米多高的盛物罐，小到一個小酒杯。每一件東西都價值不菲，很多還是珍品中的珍品。這些東西本來是堆得很有次序的，剛剛被人為洗劫過，所以顯得很亂。

那些人沒有時間把東西全部拿走的原因，一定是通道正在慢慢合上。為了逃命，那些人只好帶著一部分財寶匆忙離開。

裏面還有幾具屍體，其中兩具屍體的左手同時拿著一頂王冠，右手各自持槍，一個頭部中彈，另一個胸口中彈。他們一定是在搶奪王冠時發生了火併，結果雙雙喪命。

王冠為純金製作，工藝精美絕倫，上面鑲著各種顏色的寶石，正中間的那一顆藍寶石如雞蛋般大小，如此大的藍寶石當世罕見，難怪這兩個士兵要拚死爭奪了。

沒有路回去，他只有在這裏等死了，幾天後，他就會像那些死人一樣躺在這裏，直到多少年後有人再次進來。

有一件事他覺得很奇怪。按道理，每一個通往寶藏的通道，無不機關重重，稍有不慎就命喪當場，可是他從上面走下來，居然沒有遇到一處機關。

莫非當年車師國的國師在藏寶的時候，沒有考慮到這一點，或是不懂得設置機關？

他從一具士兵的屍體上取下馬靴穿在自己的腳上，離開了這間屋子。他不能坐在這裏等死，必須想辦法出去。

出門後往左走，前行幾百米後沒有了去路，都是硬梆梆的土壁，折回頭往右行去，行不了多遠，聽到一種很奇怪的聲音，那聲音就像夜晚的老鼠在偷東西吃，但比老鼠的聲音要大得多。

他從士兵的屍體上拿了兩顆手榴彈，循著聲音走去，看到兩條通體黑色大蚯蚓，那兩隻蚯蚓長約三米，如水桶般粗細，正將兩具屍體往肚子吞，吞咽的速度很慢，還不斷發出咀嚼聲。

牠們似乎感覺到有人過來，忙拖著屍體往後退去，速度並不慢。

他一步步地跟著，不敢靠得太近，怕那兩條大蚯蚓突然向他發起襲擊。

荒漠中生活著很多奇怪的物種，就像他在胡楊林裏見到的凶儺蟲一樣。這樣的動物在地表是很難見到的，通常牠們都生活在幾十甚至幾百里的地下，只有在覓食的時候才鑽出地面。

從牠們居住的地穴肯定是有通道通到地表，只要找到那種通道，就能上去。他在一些古籍上見到過類似這種動物的介紹，叫地原蟲，地原蟲生存於乾燥地區，習慣在一兩百米的地下築巢，牠們很少潛出地表，只在夜深人靜的時候，偶爾出地表尋找死去動物。牠們不會主動攻擊人和動物，一旦牠們受到威脅，會噴出一種腐蝕性很強的黏液。人一旦被這種黏液噴上，會全身潰爛而死，任是大羅神仙都無法挽救。

他把上去的希望全寄託在了這兩條地原蟲的身上。

地原蟲往後退了幾百米，退入一個圓形孔洞中，那洞高不過五十釐米，要趴著才能爬進去。他也顧不了那麼多，將兩顆手榴彈塞到腰間，先把定海神針伸進去，照著前面的路，再慢慢爬進去。洞壁很光滑，如同敷了一層薄膜，爬了大約四五百米的樣子，進入一個很大的空間。

這是一個天然的地下溶洞，由於定海神針發出的光芒減弱，他看不出有多大，但是在前面不遠的地方，看到好幾條地原蟲，溶洞的洞壁上有許許多多大小不一的孔洞，都是那些地原蟲鑽出來的。

這裏是地原蟲的窩，興許是畏懼定海神針發出的光，見他走過去，那些地原蟲紛紛後退。最後退到一大堆白色如臉盆般大小的「蛋」旁邊，這些大「蛋」一定是地原蟲產出來的卵，集中在一起孵化。

幾條地原蟲的口中發出「嘶嘶」的聲音，像是在對他發出警告。其中一隻噴出一股黏液，落在他面前。

在那些大「蛋」的另一邊，有一條更大的地原蟲，長約五六米，直徑超過了一米，像一枚黑色的巨型炸彈。這條大地原蟲發出「哼哼」的聲音，不一會兒，大「蛋」旁邊便聚集了幾十條地原蟲，這些地原蟲全都發出「嘶嘶」的聲音，像是在誓死捍衛牠們的後代。

他不敢再往前走了，如果引發眾怒，被這些地原蟲群起而攻之的話，後果是不堪設想的。他看到旁邊有一個一米多高的大孔洞，彎腰走了進去。

孔洞呈三十度的坡度向上延伸，也不知道有多長。他腳下一步一滑地往前走著，兩個多小時後，他正想停下來休息一會兒，聽到前面傳來很大的聲響，走沒多遠，進了一處並不大的洞穴，見到一大團黑黑的大影子在那裏滾動著，仔細一看，認出其中的一條是大地原蟲，而另一條則是他在胡楊林見過的凶儺蟲。

兩條巨大的地底怪物纏鬥在一起，地原蟲從後面將凶儺蟲吞進去了一大半，而凶儺蟲則彎過身子，兩隻大螯緊緊咬著地原蟲那圓圓的身體，毫不放鬆。在牠們的旁邊，分別有幾條地原蟲和凶儺蟲，各自在旁邊觀陣。地下還躺著不少地原蟲和凶儺蟲的屍體及殘肢。

動物比人類有更強的領地意識，這種生活在地下的動物也一樣。地原蟲和凶儺蟲的群體在地下發展生存空間，當彼此的領地受到對付侵襲的時候，不可避免地發生了「戰爭」，其「戰爭」的慘烈程度，並不比人類的遜色。

突然，一條黑影從側面向苗君儒撲來，原來是躲在旁邊的一條凶儺蟲。這條凶儺蟲不去幫同伴，卻向剛闖入的苗君儒發起了攻擊，也許牠認為對付兩條腿的人類，遠比對付地原蟲要容易得多。

苗君儒吃了一驚，身體向上縱起，避過了這條凶儺蟲的偷襲。

他落下來的時候，反手將定海神針「撲」的一聲插入凶儺蟲的後背。他平生最恨那種在後面算計別人的小人，對蟲子也是一樣。

凶儺蟲受痛，發出一聲慘號，發瘋般的向前竄去。苗君儒抓著定海神針，也被拖著向前，轉眼間，他被拖入一個孔洞中。凶儺蟲在前面爬著，沿途流下一些墨綠色的液汁，散發著熏人的腥臭味。

孔洞仍是往上去的，這樣一來，反倒省了他不少力氣，可是這樣的情況沒有堅持多久，這條凶饞蟲終於爬不動了，癱在那裏發出「呼哧呼哧」的聲音，兩隻大螯左右擺動著，從口中也流出那種腥臭的液汁。

這裏的洞壁顯得很粗糙，並不像地原蟲那邊的那麼光滑，有一層一層類似人類開鑿出來的階梯。

他從凶饞蟲的背上拔出定海神針，抬步向上走去。

幾個小時後，他走入一個洞穴，這個洞穴比他經過的那兩個洞穴還要大，洞穴正中有一大堆沙子，不斷有沙從上面流下。流下的流沙並未停留，很快往下流走了。要不是這樣的話，不需半個月，這裏就被流沙塞滿了。

在荒漠中，有很多流沙坑，別看流沙往下流，用不了多久便會出現一個大坑，可一陣風吹過之後，大坑便會被沙子重新填滿。千百年來，流沙都不斷地流著，永遠不見多，也不見少。

幾隻個子較小的凶饞蟲，正在沙堆的旁邊啃噬著一匹馬的殘骸。

他認出那匹馬，竟是蕭剛騎過的，在胡楊林中被凶饞蟲拖下沙坑。在馬屍的旁邊，還有一支步槍和一些放乾糧和水的袋子。

他跳了過去，用定海神針趕開那幾隻小凶儺蟲，撿起步槍和袋子退到一旁。打開袋子拿出乾糧和水，胡亂吃了一些。自從被土匪抓到後，他已經一天一夜沒有吃東西了。

吃了一些東西後，頓覺體力恢復了不少。

這裏再沒有孔洞通向地表了，唯一上去的方式就是從流沙中上去，可是這流沙是流動的，無法攀援，不要說上去，就是在裏面立足都很困難，稍不注意就會無法脫身，憋死在裏面。但除了這條路之外，別無他途。

幾隻小凶儺蟲「吱吱」地叫著，向他逼了過來。面對這幾隻小凶儺蟲，他還沒放在眼裏，但是小凶儺蟲的背後出現了一隻大凶儺蟲，這隻大凶儺蟲的頭上有幾個小孔，還殘留著腥臭的味道。

正是那隻被阿依古麗手下人用槍射過的凶儺蟲，凶儺蟲似乎認得苗君儒，咆哮著衝上來。

苗君儒重施故伎，飛身縱起時用力將定海神針往凶儺蟲的背上一戳，不料這一戳竟沒戳得進去，被凶儺蟲那厚厚的硬殼反彈起來，落到了沙堆中。

他一時間大意，竟吃了這樣的大虧。沙堆中沒有著力的地方，他在沙子裏撲騰著，根本無法脫身，身體被沙子捲著向下陷去。

情急之下，他雙手亂抓，終於被他抓到一根東西，有些像樹根。他知道荒漠中有很多植物的根，為了吸取地下的水分，可生長到幾十米的地下。他憋著一口氣，雙手交替著向上爬去。只可惜了那根定海神針，竟不知道落到什麼地方去了。

在往上爬的時候，他把手抬過頭頂遮著流沙，讓下面空出一點小空間，淺淺地吸了一口氣，正要繼續往上爬，忽覺腳下一動，好像有一個尖尖的東西刺著他的腳底。

他想起凶儺蟲的兩隻大螯，也是尖尖的，莫非這蟲子追上來了？凶儺蟲雖然體積較為龐大，但是牠具有在流沙中快速行走的本領，如果能夠借助蟲子的力量爬上去的話，是再好不過的了。

果然，那隻蟲子頂了他的腳一下之後，將他往上托了幾尺，只是接下來的情況卻更糟，他的腳突然被什麼東西夾住，一個勁的往下拖。

一定是那隻蟲子咬住了他的腳，所幸他穿的是軍隊中的硬底牛皮馬靴，就算被狼咬上一口，也不見得能夠咬得穿。

他唯一要做的，就是拚命抓著那根樹根不放手，但是這樣僵持下去也不是辦法。他想起腰間還有兩顆手榴彈，這時候絕對用得著了。

大螯夾著他的腳，蟲子的嘴巴一定是張開的，如果把手榴彈丟下去，一定可以炸牠個粉身碎骨。

他騰出右手，摸出了兩顆手榴彈，用嘴咬開拉弦，往腳邊放了下去。成敗在此一舉了，他閉上眼睛，等待手榴彈爆炸。

五秒鐘過後，傳來一聲沉悶的巨響，他的腳頓時一鬆。他不敢再作停留，手抓著樹根拚命往上爬，

爬到一定的高度後，碰到許多粗細不同的樹根，知道離地面不遠了。

頭頂上沒有流沙再流下，他睜開眼睛，發覺進入一個很狹小的地方，頭抵著的是胡楊木那粗大的樹根。這根胡楊木除了主根外，其他的樹根都不長，在地下成傘狀生長，故而形成了一個小空間。

休息了一下之後，他攀著樹根爬上了地面。在上地面的那一刻，他用衣服蒙住自已的眼睛。在地下黑暗的地方待得太久，乍一見到陽光，如果不做

處理的話，眼睛會瞎的。

在脫衣服的時候，好像感覺到有什麼東西掉下去了，猛地記起了放在懷中的寶玉兮盒，那裏面可裝著千辛萬苦才拿到手的黃帝玉璧。

他忙用手去抓，可抓了一個空，聽著沙子往下落的聲音，他的心情沮喪到了極點。

兩天後，有牧民發現了困在胡楊木上的苗君儒。他被人救下來的時候，身體已經嚴重脫水，人的意識也開始模糊。牧民在他的口袋中，只發現幾片刻著一些怪字的竹片。

在牧民的帳篷裏調養的日子，他聽說了發生在交河故城的事情。有牧民說那裏打了兩天兩夜的槍，也不知道死了多少人，血把地面都染紅了。有膽大的牧民後來騎馬去看，居然在屍堆中撿來不少值錢的東西。

又有人說，是有人解開了車師國國師的咒語，打開了通向寶藏的密道，把財寶全搬走了，由於分贓不均勻，雙方的人開了槍，所以死了那麼多人。

那些日子，牧民們傳遞的各種消息中，他沒有聽到關於阿依古麗的消息，連蕭剛和盛振甲他們的消息也沒有，也不知道他們還是不是活著。

半個多月後，他來到哈密，從那裏啟程回北平。他沒想過去交河故城看看，就算去了又怎樣，見到的都是屍體，連一個活人也沒有。在他跳到大坑後，上面的人肯定找到寶藏，幾撥人馬為了爭奪財寶才引發了那一場槍戰。

人為財死，鳥為食亡，這是恒古不變的自然規律。

可是有幾個人卻不是為了那些財寶去的，而是他拿到手又失去了的黃帝玉璧。

回到北平後，他對同事說出去考古了。很長一段時間裏，都沒有陌生人來找他，更沒有人提及黃帝玉璧的事情，彷彿所有的一切都已被人遺忘。

那年代層出不窮的事情太多，人們很難記得住幾個月前潘教授的死因。苗君儒一直都無法知道劉白對潘教授說了什麼，潘教授和水神幫到底是什麼關係，為什麼要寫信要神貓李幫忙找黃帝玉璧。除了認識王凱魂和神貓李外，潘教授還認識什麼人，在這件事中扮演的是什麼角色。現在這些謎一樣的事情都變得無關緊要了，因為黃帝玉璧最終沒有落到野心人的手裏。

那些想把黃帝玉璧搶到手的人，或許都在槍戰中死了，沒有人知道他還活著。

他喝了王凱魂放了藥的茶，按理說半年後會毒發，可是一連過去了好幾年，他都沒事，可能當初王凱魂根本沒有在茶裏下藥，也可能他吃了《洛書神篇》副卷，以及兩片《洛書神篇》的竹簡，《洛書神篇》中的神奇力量，早已經將體內的毒化解了。

五年後，苗君儒在一份報紙上看到「新疆王」盛世才的照片，覺得這個人像極了盛振甲。

建國後，苗君儒參加政協會議，遇見了一個負責接待的人。儘管過去了二十多年，他一眼就認出這個人是蕭剛。

參加完會議後，他們倆單獨見了一面，蕭剛向他說了他跳下大坑後發生的事情。

原來他跳下大坑後，蕭剛他們在上面等了一整天，都不見他上來，喊話也不見他答應，田掌櫃的人不知道怎麼踩到了機關，打開了寶藏。後來雙方的人為了爭奪財寶，就打了起來。他見苗君儒上來的機會很渺茫，便和盛振甲拉著哭得淚人模樣的阿依古麗，趁亂上來了。他們三個人上到佛堂後，見外面的槍聲更緊，在震天的衝殺聲中，還有此起彼伏的炮彈爆炸聲。他猜想一定是哈密和烏魯木齊的軍隊趕到了，此時若是強行衝出去的話，很容易被流彈所傷。他們來到偏殿，搬開那塊蓋住洞口的石板，由通道回到那間小屋子，在阿依古麗的帶領下，找了一個安全一點的地方，躲了一天一夜，直到槍聲徹底平息下來。

他們回到了寺院的主殿，見開啟的那個洞口已經消失不見了，滿地都是屍體，那塊石碑被炸成碎片。阿依古麗跪在巨佛前，不住地磕頭，口中念著那句咒語，可是奇蹟並沒有出現。

他們三個人離開了交河故城，在路上碰到阿依古麗的另一幫手下。阿依古麗跟著那幫人走了，臨走前給他們留下了兩匹馬，一些乾糧和水。他們倆回到哈密，各自分手了！

苗君儒若有所思地聽著，不知道阿依古麗現在是否還活著，事情都過去這麼多年了，也許她已經找到了中意的男人。

和蕭剛告別後，苗君儒走了出去，望著繁星點點的夜空，心想著當年發生的事情，他明明記得只下去一個多小時的時間，可蕭剛卻說他們在上面等了一整天，他不想去解釋，作為考古學者，他深知地球上有許多奇妙的地方。在那種地方，時間只是一個名詞而已。

那塊黃帝玉璧若是被他帶出來的話，至今仍會在他的手中，依靠黃帝玉璧的神奇力量，他是不是可以成為一代帝王呢？

他搖了搖頭，苦笑了一下，也許黃帝玉璧並沒有傳說中的那麼神奇，只是普通的一塊古老玉璧而已，歷史上的那些人之所以能夠成為帝王，是與其獨特的歷史環境分不開的。在特定的歷史環境中，只要具備天時、地利、人和這三大要素，誰都可以成為帝王。

冥冥之中的很多事情，是無法用科學來解釋的，就像他這二十多年來研究的那幾片《洛書神篇》一樣。

更多苗君儒懸疑考古系列 請續看《搜神異寶錄3萬古神石》

搜神異寶錄 之2 洛書神篇

作者：婺源霸刀
發行人：陳曉林
出版所：風雲時代出版股份有限公司
地址：10576台北市民生東路五段178號7樓之3
電話：(02) 2756-0949
傳真：(02) 2765-3799
執行主編：劉宇青
美術設計：許惠芳
行銷企劃：邱琮傑、張慧卿、林安莉
業務總監：張瑋鳳

初版日期：2017年7月
初版二刷：2017年7月20日
版權授權：吳學華
ISBN ：978-986-352-465-6
風雲書網：http://www.eastbooks.com.tw
官方部落格：http://eastbooks.pixnet.net/blog
Facebook：http://www.facebook.com/h7560949
E-mail：h7560949@ms15.hinet.net
劃撥帳號：12043291
戶名：風雲時代出版股份有限公司

風雲發行所：33373桃園市龜山區公西村2鄰復興街304巷96號
電話：(03) 318-1378
傳真：(03) 318-1378
法律顧問：永然法律事務所 李永然律師
北辰著作權事務所 蕭雄淋律師

行政院新聞局局版台業字第3595號 營利事業統一編號22759935

定價：280元　特惠價：199 元

國家圖書館出版品預行編目資料

搜神異寶錄 ／ 婺源霸刀 著. -- 初版. -- 臺北市：
風雲時代，2017.06- 冊；公分

ISBN 978-986-352-465-6（第2冊；平裝）

857.7　　106006481